Sonetos de Camões

Clássicos Ateliê

Sonetos de Camões

Sonetos, Redondilhas e Gêneros Maiores

Seleção, Apresentação e Notas

Izeti Fragata Torralvo e
Carlos Cortez Minchillo

Ilustrações
Hélio Cabral

Direitos reservados e protegidos pela Lei 9.610 de 19.02.98.
É proibida a reprodução total ou parcial sem autorização,
por escrito, da editora.

1ª ed., 1998 – 2ª ed., 2001
3ª ed., 2004 – 4ª ed., 2007
5ª ed., 2011 – 1ª reimp., 2012
2ª reimp., 2014 – 3ª reimp., 2015
6ª ed., 2016 – 1ª reimp., 2018
2ª reimp., 2019 – 3ª reimp., 2020
7ª ed., 2023

Dados Internacionais de Catalogação na Publicação (CIP)
(Câmara Brasileira do Livro, SP, Brasil)

Torralvo, Izeti Fragata
Sonetos de Camões: sonetos, redondilhas e
gêneros maiores / seleção apresentação e notas
Izeti Fragata Torralvo, Carlos Cortez Minchillo;
ilustrações Hélio Cabral. – 7. ed. – Cotia, SP:
Ateliê Editorial, 2023. – (Coleção clássicos Ateliê)

Bibliografia.
ISBN 978-65-5580-100-2

1. Camões, Luís de, 1524?-1580 – Crítica e
interpretação 2. Poesia lírica 3. Poesia portuguesa –
História e crítica 4. Sonetos portugueses I. Minchillo,
Carlos Cortez. II. Cabral, Hélio. III. Título. IV. Série.

19-29128   CDD-869.1042

Índices para catálogo sistemático:

1. Sonetos camonianos: Poesia lírica:
Literatura portuguesa 869.1042

Iolanda Rodrigues Biode – Bibliotecária – CRB-8/10014

Direitos reservados à

ATELIÊ EDITORIAL
Estrada da Aldeia de Carapicuíba, 897
06709-300 – Cotia – SP – Brasil
Tel.: (11) 4702-5915
www.atelie.com.br | contato@atelie.com.br
facebook.com/atelieeditorial | blog.atelie.com.br

Impresso no Brasil 2023
Foi feito o depósito legal

Sumário

Introdução 11
  O Renascimento............................... 11
  As Artes no Renascimento....................... 14
  A Literatura no Renascimento 15
  A Obra de Camões 20

Sonetos 31
  1. Eu cantarei de amor tão docemente.............. 32
  2. Enquanto quis Fortuna que tivesse 34
  3. Pois meus olhos não cansam de chorar........... 36
  4. Se tanta pena tenho merecida 38
  5. Tanto de meu estado me acho incerto............ 40
  6. Quando da bela vista e doce riso................. 42
  7. Num tão alto lugar, de tanto preço, ... 44
  8. Amor é um fogo que arde sem se ver, ... 47
  9. Vós que, de olhos suaves e serenos,.............. 50
  10. Vossos olhos, Senhora, que competem 52
  11. Quem diz que Amor é falso ou enganoso, ... 54
  12. Senhora, se de vosso lindo gesto................. 56
  13. Contente vivi já, vendo-me isento 58
  14. Um mover d'olhos, brando e piedoso, ... 60
  15. Quem vê, Senhora, claro e manifesto............ 62
  16. De quantas graças tinha, a Natureza 64
  17. Tornai essa brancura à alva açucena, ... 66
  18. Ondados fios de ouro reluzente, ... 68
  19. Num bosque que das Ninfas se habitava, ... 70
  20. Chorai, Ninfas, os fados poderosos.............. 72
  21. Amor, que o gesto humano n'alma escreve, ... 74

22. Transforma-se o amador na cousa amada, ...76
23. Posto me tem Fortuna em tal estado, ...78
24. Aquela triste e leda madrugada, ...80
25. Quando o sol encoberto vai mostrando 83
26. Alma minha gentil, que te partiste...............86
27. Ah, minha Dinamene, assi deixaste 89
28. O céu, a terra, o vento sossegado; 92
29. Cara minha inimiga, em cuja mão................94
30. Doces águas e claras do Mondego, ...96
31. Senhora minha, se a Fortuna imiga, ...98
32. Aqueles claros olhos que chorando 100
33. Quando de minhas mágoas a comprida 102
34. A fermosura desta fresca serra 105
35. Alegres campos, verdes arvoredos, ...108
36. Já tempo foi que meus olhos folgavam 110
37. Julga-me a gente toda por perdido............. 113
38. O tempo acaba o ano, o mês e a hora, ... 116
39. Sete anos de pastor Jacob servia................. 118
40. Cá nesta Babilônia, donde mana 120
41. O dia em que eu nasci moura e pereça, ... 122
42. Mudam-se os tempos, mudam-se as vontades, ... 125
43. Doce sonho, suave e soberano, ... 128
44. Apolo e as nove Musas, descantando 130
45. Busque Amor novas artes, novo engenho, ... 133
46. Erros meus, má fortuna, amor ardente.......... 137
47. Se as penas com que Amor tão mal me trata 140
48. Com voz desordenada, sem sentido, ... 142
49. Em prisões baixas fui um tempo atado, ... 144
50. Ah, Fortuna cruel! Ah, duros Fados!............146
51. Correm turvas as águas deste rio, ... 148
52. Verdade, Amor, Razão, Merecimento 150
53. "Não passes, caminhante!" "Quem me chama?" .. 152
54. Desce do Céu imenso, Deus benino, ... 154
55. Os reinos e os impérios poderosos, ... 156

56. Vencido está de Amor meu pensamento, ... 158
57. Está o lascivo e doce passarinho 160
58. Pede-me o desejo, Dama, que vos veja; 162
59. Como quando do mar tempestuoso 164
60. De vós me aparto, ó vida! Em tal mudança, ... 166
61. Na ribeira de Eufrates assentado, ... 168

REDONDILHAS 171
  1. Descalça vai pera a fonte 173
  2. Na fonte está Lianor 175
  3. Os bons vi sempre passar 179
  4. Sobre os rios que vão 181

CANÇÃO 197
  Canção VI 199

ODES 205
  1. Nunca manhã suave 207
  2. Fogem as neves frias 211

BIOGRAFIA 217
BIBLIOGRAFIA 221
ÍNDICE ALFABÉTICO DOS SONETOS 222

Introdução

O Renascimento

Leonardo Da Vinci, tão famoso por ter pintado a *Mona Lisa*, desenvolveu, no século XVI, vários projetos que pretendiam fazer o homem voar. Tentou construir uma asa de madeira, depois sofisticou sua ideia até um esboço do que seria hoje uma espécie de helicóptero. Nenhum desses artifícios chegou a alçar voo, mas ilustram o arrojo de um tempo em que o homem acreditava poder transformar o mundo, romper limites até então aceitos, criando aquilo que para a época parecia ser impossível de o próprio homem realizar. Nessa mesma época, Galileu aperfeiçoou o telescópio, duvidou da crença de que o Sol girasse em torno da Terra e acabou colaborando para alterar a visão que se tinha do funcionamento do universo. A arte acompanhou essa onda de transformações. Na pintura, o italiano Piero della Francesca, entre outros artistas, desenvolveu a técnica da perspectiva, simulando, no plano, figuras em três dimensões. Esse clima de especulação tomou conta de todas as áreas de interesse: arquitetos e alquimistas, físicos e médicos dedicavam-se à experimentação e ao estudo, recuperando conhecimentos antigos e buscando avidamente respostas para a nova relação que o homem estabelecia com o mundo. O que explicaria esse entusiasmo pela investigação?

Desde os séculos XIV e XV, verificou-se na Europa Ocidental uma reorganização política, econômica e social que determinou o fortalecimento dos Estados europeus, o desenvolvimento das cidades e a expansão do comércio. Ao invés das lutas constantes entre os senhores feudais, estipularam-se os limites territoriais e definiu-se em nome de Estados Nacionais o domínio de um rei. Paralelamente, revitaliza-se o comércio. A riqueza concentrou-se especialmente nas mãos da burguesia, que, em troca de apoio aos soberanos, garantiu a manutenção de seus interesses. Difundiram-se moedas nacionais e o lucro já não era pecado, deixou de ser visto com a desconfiança típica da Idade Média.

Os tempos modernos eram menos sisudos, a vida terrena – incluindo-se os bens materiais e os jogos de amor e sedução – era entendida como fonte de prazer e não apenas uma forma de punição, um "vale de lágrimas", como a doutrina da Igreja havia pregado durante os séculos anteriores. Nesta atmosfera mais otimista, as cidades cresceram. Juntamente com o aquecimento do comércio, com o desenvolvimento de grandes feiras e mercados e com a expansão do sistema bancário, surgiram centros urbanos onde a vida era mais movimentada e alegre. Nas capitais europeias, as cortes não faziam questão de esconder o luxo em que viviam. As paredes dos palácios cobriam-se de tapetes, quadros, criavam-se jardins para que se desfrutassem os encantos da natureza. Já não era preciso esperar pelo Paraíso depois da morte: o homem, a partir do século XV, acreditou na possibilidade de ser feliz em vida, aproveitando o que o mundo tivesse de bom a oferecer.

Essa nova perspectiva mais positiva e flexível é resultado, em grande parte, do declínio do poder da Igreja Católica. Durante vários séculos, a Igreja dominou de tal maneira a vida e a mente dos homens europeus, que praticamente não havia outra possibilidade senão viver de acordo com as inquestionáveis crenças católicas. O Deus cristão tornou-se o centro das atenções e satisfazê-lo conforme as regras difundidas pelo Vaticano era uma preocupação cercada de angústia e medo de punições eternas. De acordo com a doutrina católica, o único sentido da vida era servir a Deus e qualquer outra forma de prazer era considerada um perigoso desvio. O poder de Deus não deveria nunca ser posto em dúvida e, portanto, não fazia sentido questionar o mundo ou refletir sobre seu funcionamento ou seu significado. Por isso, a Idade Média foi um tempo em que, na Europa, apenas os padres tinham acesso ao estudo: o conhecimento foi altamente controlado para que não se difundisse e, para o homem comum, a sabedoria era uma exclusividade divina, com que ele não deveria se preocupar.

Com o surgimento das novas nações europeias e com a consolidação da autoridade dos reis, a influência da Igreja enfraqueceu-se. A burguesia, que nasceu dos ganhos com o comércio, não podia conviver com uma doutrina que condenava a riqueza material; tampouco os reis, que exerciam o poder sobre uma nação, podiam aceitar a ideia de que o único poder verdadeiro fosse o de Deus. A fé cristã de forma alguma desapareceu nesse período, mas teve de conviver com uma outra realidade, em que os homens, ao lado das preocupações religiosas, queriam tirar proveito do mundo que os rodeava, desfrutando – enquanto vivos – o produto de seu trabalho na Terra. O homem sentia-se satisfeito com a sensação de que podia viver melhor e passou a acreditar em seu esforço, em sua capacidade individual. Para esse novo homem, o mundo não estava concluído, mas poderia ser modificado. E por que Deus, que criou o homem, não ficaria satisfeito ao perceber que sua criação esforçava-se por fazer de sua obra algo ainda mais interessante? A ideia de Deus, como centro do universo, cedeu lugar para um novo protagonista: o próprio homem.

Leonardo Da Vinci, Galileu e Piero della Francesca são exatamente exemplos desse "novo" homem, que tinha orgulho de suas obras e manifestava grande curiosidade diante da realidade. Suavizada a vigilância da Igreja, tudo passou a ser objeto de estudo: por que um objeto cai em linha reta quando largado de uma certa altura? Por que o coração bate? Como o ímã atrai metais? As respostas para estas perguntas requeriam pesquisa e observação. Por isso, a partir do século XV multiplicam-se as dissecações de cadáveres, imprimem-se desenhos da estrutura muscular humana e animal, resolvem-se problemas matemáticos, fazem-se experiências em todos os campos do conhecimento. Esse esforço resultou em avanços técnicos. Criaram-se instrumentos mais adequados para a navegação, observação astronômica e medição do tempo.

Os novos conhecimentos e técnicas puderam ser divulgados graças ao aperfeiçoamento do papel e dos métodos de impressão. Com a possibilidade de reprodução em maior número e com maior rapidez, cresceu a circulação de livros. Além das obras escritas nesse tempo, muitos estudiosos se interessaram pelas ideias do mundo antigo, traduziram e publicaram textos de arte, filosofia e ciência de autores da Grécia e Roma antigas. Por isso, esse período ficou conhecido como Renascimento. Revalorizou-se a cultura da Antiguidade e, gradualmente, Aristóteles, Platão, Homero e Virgílio são redescobertos. A obra desses filósofos e artistas, produzida antes da era cristã, evidenciava a grandeza humana, revelando o poder do homem de gerar ideias e praticar importantes ações. Dessa visão gloriosa do homem originou-se uma concepção *humanista* que se reflete na produção artística do Renascimento.

AS ARTES NO RENASCIMENTO

O Renascimento promove uma ruptura da arte com os moldes eclesiásticos, estabelecidos durante a Idade Média. Na pintura e escultura, ampliam-se os temas. Há um interesse em representar situações da vida terrena: o trabalho, os interiores de palácios, retratos de nobres. Mesmo os temas religiosos sofrem alterações. As figuras bíblicas ganham formas humanas mais vigorosas, já não se esconde a nudez dos corpos. A mitologia greco-romana reaparece como tema. Instaura-se uma arte voltada para a realidade imediata, que não está obrigatoriamente associada a um plano transcendental. A novidade renascentista fundamental é, portanto, a redescoberta do Homem e da Natureza em uma dimensão terrena.

A Capela Sistina, em Roma, é decorada por afrescos de Michelangelo, outro genial artista do Renascimento. Paredes e tetos são tomados de pinturas que retratam passagens bíblicas, entre elas, a *Criação do Homem*. Nesta cena, destacam-se as figuras de Deus e de Adão, representados por um olhar tipicamente renascentista. O homem e seu Criador se equivalem: apresentam feições realisticamente humanas, sugerem ambos dimensões gigantescas e compartilham o espaço da composição sem que nem um nem outro monopolize o centro. Seus corpos são musculosos e revelam profundo conhecimento, por parte do artista, da anatomia humana. É, sim, um tema religioso, mas concebido por alguém que tomava por modelo o homem de carne e osso, colocando-o como elemento tão importante quanto o próprio Deus. A beleza da *Criação do Homem*, assim como de outras obras do Renascimento, vem, especialmente, da harmonia, vivacidade e perfeição manifestas nos temas que retratam.

A Literatura no Renascimento

A literatura renascentista liberta-se sobretudo da visão religiosa medieval. O que mais importa são as emoções e experiências humanas, retratadas através de uma linguagem que busca o belo por meio da harmonia, do equilíbrio. Na poesia, para atingir esse efeito de perfeição, houve uma sofisticação de aspectos formais: a construção dos versos e estrofes, os padrões das rimas, o emprego de figuras como comparações e metáforas, antíteses e inversões, tudo parece arquitetado minuciosamente. O efeito são textos construídos com a destreza de um artesão, que soube moldar a linguagem às necessidades do tema e à vontade de fazer das palavras algo belo.

Não é à toa que a influência da poesia grega e romana teve enorme peso, pois essas culturas da Antiguidade já haviam estudado e catalogado as normas do "falar e escrever bem". Essas normas de composição reaparecem como orientadoras da literatura renascentista, que retoma gêneros poéticos eruditos como a ode, a elegia e a écloga, já anteriormente praticados na Grécia e em Roma. A herança clássica aparece também nas referências – comuns em muitos dos poemas dos séculos XV e XVI – a divindades mitológicas e a uma natureza animada por forças ocultas, por um viço e um poder meio mágicos. Todos esses elementos formais e temáticos configuram uma "novidade" em relação à poesia medieval, novidade que, em parte, é responsável pela originalidade dos textos de autores como Shakespeare e Camões.

A dimensão filosófica da literatura do Renascimento também vem de correntes desenvolvidas na Grécia antiga. Especialmente o Platonismo influenciou a visão de mundo observável nas obras do período. Platão havia proposto um modelo de universo bipartido: a realidade terrena seria uma grande ilusão, enquanto num plano transcendental se encontrariam as Ideias perfeitas. Em outras palavras, aquilo que nos cerca e que se conhece através dos sentidos é entendido como um "engano", uma cópia imperfeita de modelos inatingíveis. Essa teoria propõe, no entanto, um outro problema: se as formas ideais não podem ser conhecidas diretamente através dos sentidos, como o homem poderia conhecê-las? O próprio Platão soluciona a questão. Para o filósofo grego, a alma humana é imortal e já teria vivencia-

Retrato de Camões, executado possivelmente em 1575, quando o poeta ainda vivia.

do uma dimensão superior, na qual pôde contemplar essas formas perfeitas. O nascimento acarretaria o aprisionamento da alma, cujas lembranças do mundo ideal estariam adormecidas. Dessa teoria deriva a noção de que tudo que se conhece no plano terreno, tudo que se experimenta na vida é falso, insatisfatório: o amor consumado vale menos que o amor distante e improvável; a beleza da mulher que se deixa ver é menos interessante que a sensualidade da mulher com quem não se pode encontrar; as conquistas já realizadas não têm a força dos desejos não satisfeitos.

A poesia dos séculos XIV e XV reacende a ideia de outro filósofo grego: Heráclito, que indicou a constante instabilidade do mundo através de uma metáfora bastante conhecida: nunca nos banhamos duas vezes nas águas de um rio. A imagem é clara: o rio apenas aparentemente é o mesmo, pois em realidade está sempre se movendo, sempre sofrendo alterações. Ampliando-se o significado da metáfora, chega-se à constatação – às vezes dolorosa – de que a vida é um constante transformar-se, o que torna impossível a sensação de repouso, de segurança. Esse sentimento transtornado é tema de muitos poemas camonianos, que abordam a instabilidade de todas as coisas e o "desconcerto do mundo".

A recuperação da cultura clássica no Renascimento se deu num momento em que o cristianismo estava plenamente estabelecido na Europa Ocidental. Dessa maneira, houve uma adaptação da filosofia pagã aos princípios cristãos. Por exemplo, o mundo das ideias perfeitas de Platão foi associado à concepção de Paraíso, de onde emana a perfeição divina. Assim, não é surpreendente que na arte desse período convivam figuras mitológicas do mundo pagão e referências bíblicas, como se nota no trecho de *Os Lusíadas*, em que Camões menciona a ninfa protetora Tétis e o gigante Adamastor no momento em que pede auxílio a Deus e anjos:

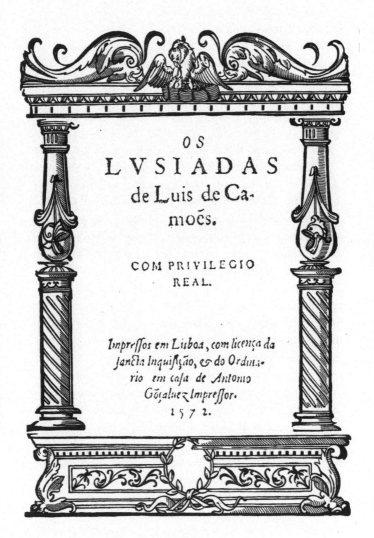

Primeira edição de Os Lusíadas.

Me anda Tétis cercando destas águas.
Assi contava; e, cum medonho choro,
súbito d'ante os olhos se apartou.
[...]
eu, levantando as mãos ao santo coro
dos anjos, que tão longe nos guiou,
a Deus pedi que removesse os duros
casos que Adamastor contou futuros.

Desde o século XIV, a Itália foi o principal centro difusor dos padrões literários renascentistas. Devido à riqueza obtida pelo comércio, a próspera burguesia patrocinava o desenvolvimento das artes e ciências, promovendo junto às cortes uma intensa vida cultural. Especialmente a cidade de Florença atraiu escritores de várias partes da Europa, possibilitando o contato desses estrangeiros com as obras de poetas como Dante, Petrarca e Sannazzaro.

O português Francisco Sá de Miranda foi um escritor que esteve na Itália, onde pôde assimilar o *dolce stil nuovo*, o qual propunha o emprego de versos decassílabos cuja extensão permite maior variação de composição rítmica. Esse novo estilo valorizou também determinadas formas poéticas como soneto, sextina, canção e ode. Cada uma dessas formas segue normalmente padrões fixos de combinação de rimas, como no caso do soneto, em que os dois quartetos obedecem ao esquema *abba*. Todas essas novidades foram introduzidas com o retorno de Sá de Miranda a Portugal, em 1527.

A Obra de Camões

Em Portugal, Luís Vaz de Camões foi o mais importante escritor da Renascença. Publicou, em 1572, o poema épico *Os Lusíadas*, em que homenageia as conquistas marítimas por-

A edição de 1598 das Rimas.

tuguesas. Composto em versos decassílabos, o poema adota um tom grandiloquente e toma como modelo as epopeias greco-romanas como *Eneida*, de Virgílio e a *Ilíada*, de Homero. Também na poesia lírica, Camões assimilou as novidades trazidas por Sá de Miranda. Nas *Rimas*, editadas postumamente em 1595, o poeta praticou a "medida nova", escrevendo textos de nítida influência italiana, bem nos moldes renascentistas; isto é, adotou frequentemente a estrutura do soneto (dois quartetos e dois tercetos), o verso decassílabo, a postura racional e filosófica que muitas vezes expõe a intenção pedagógica e esclarecedora na abordagem dos temas. Até mesmo o sentimento amoroso – tema comum na lírica renascentista – é submetido a uma compreensão lógica por meio da qual se busca uma verdade genérica, universal, como se pode ler no soneto:

> Quem diz que Amor é falso ou enganoso,
> ligeiro, ingrato, vão, desconhecido,
> sem falta lhe terá bem merecido
> que lhe seja cruel ou rigoroso.
>
> Amor é brando, é doce e é piedoso.
> Quem o contrário diz não seja crido;
> seja por cego e apaixonado tido,
> e aos homens, e inda aos deuses, odioso.
>
> Se males faz Amor, em mi se vêm;
> em mi mostrando todo o seu rigor,
> ao mundo quis mostrar quanto podia.
>
> Mas todas suas iras são de amor;
> todos estes seus males são um bem,
> que eu por todo outro bem não trocaria.

Camões reflete sobre o amor e tenta conceituá-lo, chegando à conclusão de que, para os apaixonados, mesmo os sofrimentos amorosos são um bem. Mais do que expor os próprios sofrimentos, o poeta analisa a essência do sofrer, o que pode ser experimentado por qualquer apaixonado. Essa atitude reforça o compromisso com a especulação racional, típica do homem renascentista.

Mesmo quando trata do amor sob uma perspectiva mais individualizada, Camões interpreta suas experiências amorosas de modo idealizante, não se distanciando das concepções neoplatônicas comuns aos homens cultos do seu tempo.

> Este amor que vos tenho, limpo e puro,
> de pensamento vil nunca tocado,
> em minha tenra idade começado,
> tê-lo dentro nesta alma só procuro.

Valoriza-se o impulso amoroso em uma dimensão de pureza, de imaterialidade do pensamento, alheio a interesses terrenos e desejos sensuais. Apresenta-se a figura feminina envolvida em uma aura de beleza, de encantamento e perfeição que lhe reforçam a natureza divinizada.

> De quantas graças tinha, a Natureza
> fez um belo e riquíssimo tesouro;
> e com rubis e rosas, neve e ouro,
> formou sublime e angélica beleza.

Muitas vezes o poeta declara estar subjugado à tirania dos sentimentos e à perturbação sensual que lhe provoca a amada. Nesses casos, já não se descreve um perfil feminino destituído de apelos sensuais, como no poema em que o "amor tão fino e tão delgado" é corrompido pela "baixeza" de desejos carnais.

Alegoria do lendário naufrágio de Camões, do qual teria salvado o manuscrito de Os Lusíadas *(desenho de Roque Gameiro).*

Pede-me o desejo, Dama, que vos veja;
não entende o que pede, está enganado.
É este amor tão fino e tão delgado
que, quem o tem, não sabe o que deseja.

Não há cousa, a qual natural seja,
que não queira perpétuo seu estado;
não quer logo o desejo o desejado,
por que não falte nunca onde sobeja[1].

Mas este puro afeito em mim se dana;
que, como a grave pedra tem por arte
o centro desejar da Natureza,

Assim o pensamento (pola parte
que vai tomar de mim terrestre humana)
foi, Senhora, pedir esta baixeza.

As contradições amorosas não são as únicas analisadas na obra camoniana. São também tematizados os dilemas humanos, a sensação de impotência diante do destino. Cria-se um universo de incertezas e desestabiliza-se a sensibilidade do poeta, que passa com frequência a se revelar melancólico, depressivo. O comportamento analítico que estrutura muitos textos já não garante a atmosfera harmoniosa renascentista, as tensões existenciais se aproximam do gosto maneirista[2]. Instauram-se as análises carregadas de pessimismo, o poeta se debate na tentativa de enten-

---

1. *Sobeja*: é demasiado.
2. *Maneirismo*: estilo caracterizado pela inquietação, emoções divergentes e conturbadas. Corresponde à visão dos últimos tempos do Renascimento que contrastava com a tendência de equilíbrio emocional e racionalismo do mundo clássico (1525-1600).

der os opostos inconciliáveis, como a justiça e a injustiça, o eterno e o efêmero, o incerto e o previsível. No nível da linguagem, verifica-se a constância das antíteses, dos paradoxos. Tais temas e recursos estilísticos antecipam características do Barroco (século XVII).

> Posto me tem Fortuna em tal estado,
> e tanto a seus pés me tem rendido!
> Não tenho que perder já, de perdido,
> não tenho que mudar já, de mudado.
>
> Todo o bem para mim é acabado;
> daqui dou o viver já por vivido;
> que, aonde o mal é tão conhecido,
> também o viver mais será escusado.
>
> Se me basta querer, a morte quero,
> que bem outra esperança não convém,
> e curarei um mal com outro mal.
>
> E pois do bem tão pouco bem espero,
> já que o mal este só remédio tem,
> não me culpem em querer remédio tal.

Outro tema bastante comum em toda a obra camoniana é a própria poesia. Muitas vezes o poeta pede a seres mitológicos inspiração, como se a criação artística necessitasse de iluminação sobre-humana para atingir o modelo de perfeição perseguido pelos renascentistas. É o que ocorre no início do primeiro canto de *Os Lusíadas* em que, através de um procedimento metalinguístico, o eu lírico espera auxílio para realizar uma composição poética grandiosa.

> E vós, Tágides[3] minhas, pois criado
> tendes em mim um novo engenho[4] ardente,
> [...]
> Dai-me agora um som alto e sublimado,
> um estilo grandíloquo e corrente
> [...]

Muitos desses versos que tratam do fazer poético associam-se à história pessoal, à vivência do poeta, exprimindo a ideia de que poesia não é fingimento[5]. Por esse motivo, muitos estudiosos estabelecem relações bastante estreitas entre a produção literária camoniana e a biografia do poeta. É famosa, por exemplo, a história de amor entre Camões e Dinamene, possivelmente uma jovem chinesa por quem o poeta se apaixonara durante o exílio em Macau.

> Ah, minha Dinamene, assi deixaste
> quem não deixara nunca de querer-te!
> Ah, Ninfa minha, já não posso ver-te,
> tão asinha[6] esta vida desprezaste!
>
> Como já para sempre te apartaste
> de quem tão longe estava de perder-te?
> Puderam estas ondas defender-te
> que não visses quem tanto magoaste?

---

3. *Tágides*: nome derivado do rio Tejo com o qual Camões designou as ninfas das águas portuguesas, inspiradoras da poesia.
4. *Engenho*: talento, inventividade.
5. A ideia de que a poesia é narrativa pessoal também se encontra em Petrarca que registrou no texto *Iacobi de Columna Lomberiensis* sua indignação perante a suspeita de que os sofrimentos de amor revelados em seus versos fossem simulações.
6. *Tão asinha*: depressa.

Camões numa gravura do século XVIII.

Nem falar-te somente a dura morte
me deixou, que tão cedo o negro manto
em teus olhos deitado consentiste!

Ó mar, ó Céu, ó minha escura sorte!
Qual pena sentirei, que valha tanto,
que ainda tenho por pouco o viver triste?

Paralelamente à diversidade de temas, são igualmente variadas em Camões as formas de expressão: sonetos, sextinas[7], oitavas[8], éclogas[9], elegias[10] e odes[11] registrados em versos decassílabos e redondilhos[12]. Desse modo, verifica-se que o poeta tanto se exercitou no estilo novo quanto deu continuidade às formas de expressão herdadas da Idade Média. Se em muitos sonetos e odes Camões lembra Petrarca, em outras composições se aproxima das cantigas trovadorescas, recuperando motivos tradicionais que servem de base para sua produção:

Cantigas Alheias

Na fonte está Lianor
lavando a talha e chorando,
às amigas perguntando:
"Vistes lá o meu amor?"

---

7. *Sextina*: poema composto de seis estrofes, cada uma com seis versos.
8. *Oitava*: estrofes de oito versos.
9. *Écloga*: poesia pastoril dialogada.
10. *Elegia*: composição sobre tema triste ou relacionado à morte.
11. *Ode*: composição de caráter elogioso; originalmente dirigida aos deuses e aos atletas, a ode passou a enaltecer reis, poderosos e heróis. Modernamente, é sinônimo de poema.
12. *Redondilho*: métrica tradicional da poesia lusitana, desde os tempos da poesia palaciana; são compostos por cinco ou sete sílabas (redondilho menor ou maior).

Voltas

Posto o pensamento nele,
porque a tudo o Amor a obriga,
cantava; mas a cantiga
eram suspiros por ele.
Nisto estava Lianor
o seu desejo enganando,
às amigas perguntando:
Vistes lá o meu amor?

Didaticamente, os temas da lírica camoniana – observáveis no poemas selecionados na presente antologia – poderiam ser esquematizados da seguinte maneira:

- instabilidade dos sentimentos e da realidade;
- ideal de perfeição, física e moral;
- desconcerto do mundo;
- amor platônico;
- perda da amada;
- a própria atividade poética.

Extremamente variada em temas e formas, conforme se comentou anteriormente, a lírica camoniana não foi amplamente conhecida em Portugal antes da morte do poeta. Na verdade, para o homem comum do século XVI os versos de Camões deviam soar língua estrangeira, já que é toda uma poesia que não somente manifesta uma visão de mundo compartilhada pelos homens cultos da época, mas também cria novas e mais rigorosas formas de expressão em língua portuguesa. Somente em 1595, é publicada a primeira edição de *Rimas*. Seguiram-se muitas outras edições que reconstruíram e reorganizaram os poemas da lírica que hoje conhecemos.

Há mais de 400 anos, Camões é lido, interpretado, discutido, analisado, revigorando-se em cada tempo, porque fala às ansiedades, aos conflitos e aos amores de toda a gente.

Sonetos

[1]

Eu cantarei de amor tão docemente,
por uns termos em si tão concertados[1]
que dous mil[2] acidentes namorados[3]
faça sentir ao peito que não sente.

5 Farei que amor a todos avivente[4],
pintando mil segredos delicados,
brandas iras, suspiros magoados,
temerosa ousadia e pena ausente[5].

Também, Senhora, do desprezo honesto[6]
10 de vossa vista branda e rigorosa[7]
contentar-me-ei dizendo a menos parte.

Porém, para cantar de vosso gesto[8]
a composição[9] alta e milagrosa,
aqui falta saber, engenho e arte[10].

O poeta põe em dúvida a sua capacidade de criação: *"[...] para cantar [...] aqui falta saber, engenho e arte"*. Trata-se de um artifício frequente em Camões, tanto na lírica quanto na épica. Em *Os Lusíadas*, por exemplo, o eu poético parece não ter certeza de que será capaz de cantar os grandes feitos portugueses: *"Cantando espalharei por toda parte, / se a tanto me ajudar engenho e arte"*. Essa dúvida não passa de um jogo de expressão, um sinal de falsa modéstia, porque, na verdade, ela não impede a sua criação.

Do mesmo modo, neste soneto, o poeta desconfia do próprio talento para expressar as qualidades da mulher amada, apesar de escrever com doçura e harmonia sobre o amor, fazendo até com que os leitores sintam a vivacidade das peripécias que envolvem os enamorados: suspiros e segredos, ousadia e crueldade.

---

1. *Concertados*: harmoniosos.
2. *Dous mil*: inúmeros.
3. *Acidentes namorados*: manifestações amorosas.
4. *Farei que amor a todos avivente*: farei que amor anime a todos.
5. *Temerosa*: tímida; *pena ausente*: saudade. Observe-se a simetria do verso: adjetivo + substantivo / substantivo + adjetivo.
6. *Desprezo honesto*: porte altivo e sereno.
7. Empregou-se a antítese para caracterizar o olhar da mulher amada.
8. *Gesto*: feição, semblante.
9. *Composição*: perfeição.
10. *Com engenho e arte*: com talento e técnica.

[2]

Enquanto quis Fortuna que tivesse
esperança de algum contentamento,
o gosto de um suave pensamento[1]
me fez que seus efeitos[2] escrevesse.

5 Porém, temendo Amor que aviso desse[3]
minha escritura[4] a algum juízo isento[5],
escureceu-me o engenho co tormento,
para que seus enganos não dissesse[6].

Ó vós, que Amor obriga a ser sujeitos
10 a diversas vontades![7] Quando lerdes
num breve livro casos tão diversos,

verdades puras são, e não defeitos...
E sabei que, segundo o amor tiverdes,
tereis o entendimento de meus versos[8].

Neste soneto metalinguístico, o eu lírico reconhece que as alegrias e esperanças de realização amorosa são motivos determinantes de sua produção poética. Se o poeta experimenta encantos do amor, sente necessidade de registrar em versos o verdadeiro contentamento; no entanto, se advêm o sofrimento, as dores de amor, toda a inspiração lhe desaparece. Essa afirmação nega a ideia de que poesia seja fingimento, simulação e defende o conceito de que os versos expressam vivências pessoais e íntimas. A arte literária é, então, entendida como imitação da vida e, dessa maneira, o leitor pode nela reconhecer-se com maior ou menor intensidade, conforme as experiências por ele já vividas: *"E sabeis que, segundo o amor tiverdes, / tereis o entendimento de meus versos."*

---

1. *Pensamento*: sentimento amoroso.
2. *Seus efeitos*: efeitos do "suave pensamento".
3. *Aviso desse*: comunicasse.
4. *Minha escritura*: minhas obras, meus poemas.
5. *Juízo isento*: conceitos, opiniões sensatas, desapaixonadas.
6. Por temer que o poeta pudesse revelar a experiência de permanecer imune à tirania do Amor, este o seduz, lhe rouba a razão e o talento.
7. O amor provoca diversas dores contraditórias.
8. O conceito de que a arte é imitação da vida e de que o leitor entende os versos de acordo com o seu saber vivido também se verifica na poesia de Petrarca.

[3]

Pois meus olhos não cansam de chorar
tristezas, que não cansam de cansar-me[1];
pois não abranda o fogo, em que abrasar-me
pôde quem eu jamais pude abrandar[2];

5 não canse o cego Amor de me guiar
a parte donde não saiba tornar-me[3];
nem deixe o mundo todo de escutar-me,
enquanto me a voz fraca não deixar.

E se em montes, rios, ou em vales,
10 piedade mora, ou dentro mora Amor
em feras, aves, plantas, pedras, águas,

ouçam a longa história de meus males
e curem sua dor com minha dor;
que grandes mágoas podem curar mágoas[4].

Os sofrimentos amorosos não são jamais amenizados e, por isso, o poeta quer perder-se em um isolamento irreversível. No entanto, acredita que seu canto deve continuar a ser ouvido por todos aqueles que, também sofrendo de amor, são capazes de curar a própria dor ao perceber que a mágoa do poeta é ainda maior.

---

1. Note-se o emprego de um mesmo verbo, "cansar", com sentidos diferentes: as tristezas não cessam de atormentar o poeta. O mesmo procedimento se repete com o verbo "abrandar" nos versos seguintes.
2. Não perde a intensidade o sofrimento causado pela mulher que jamais correspondeu ao amor do poeta.
3. O poeta pede ao Amor que o conduza a um lugar de onde não se possa retornar.
4. Observe-se o adjetivo "grande", que caracteriza o sofrimento do poeta como sendo maior que o dos ouvintes.

[4]

Se tanta pena tenho merecida
em pago de sofrer tantas durezas,
provai[1], Senhora, em mi vossas cruezas,
que aqui tendes ũa[2] alma oferecida.

5 Nela experimentai, se sois servida[3],
desprezos, desfavores e asperezas;
que mores[4] sofrimentos e firmezas
sustentarei na guerra desta vida.

Mas contra vossos olhos quais serão?[5]
10 Forçado é que tudo se lhe renda;
mas porei por escudo o coração.

Porque em tão dura e áspera contenda,
é bem que, pois não acho defensão[6],
com me meter nas lanças me defenda.

A visão do amor está intimamente relacionada ao sofrimento e à entrega do eu lírico. O sentimento amoroso, marcado por *"penas"*, *"durezas"*, *"desprezos"* e *"asperezas"*, significa subjugar-se completamente à mulher amada. A experiência amorosa assemelha-se a uma batalha, em que o amante se realiza ao se oferecer em combate. Por isso, coloca seu coração como escudo numa luta contra a qual não pode defender-se.

---

1. O emprego da forma verbal "vós" indica já a posição de respeito assumida pelo eu lírico.
2. *Ũa*: uma.
3. *Se sois servida*: se vós assim quiserdes.
4. *Mores*: maiores.
5. Neste verso, exprime-se que não há oponente capaz de vencer a mulher amada.
6. *Defensão*: defesa, proteção.

[5]

Tanto de meu estado me acho incerto
que, em vivo ardor, tremendo estou de frio;
sem causa, juntamente choro e rio;
o mundo todo abarco e nada aperto[1].

5   É tudo quanto sinto um desconcerto[2];
da alma um fogo me sai, da vista um rio;
agora espero, agora desconfio,
agora desvario, agora acerto[3].

Estando em terra, chego ao Céu voando[4];
10   num'hora acho mil anos, e é de jeito
que em mil anos não posso achar um'hora.

Se me pergunta alguém porque assi ando,
respondo que não sei; porém suspeito
que só porque vos vi, minha Senhora.

A sensação de que a vida é incerta e instável provoca reações extremadas no eu poético, que se mostra assolado por conflitos enumerados nas três primeiras estrofes. O plano físico (*"ardor"*, *"frio"*), o plano emocional (*"choro"*, *"rio"*) e o plano mental (*"desconfio"*, *"desvario"*, *"acerto"*), tudo conflui para a sensação de desassossego existencial sintetizada no verso "É tudo quanto sinto um desconcerto", verdadeira ideia presente em muitos sonetos de Camões. Interessante notar que só na última estrofe o eu lírico procura explicar tamanha perturbação: o amor – doce sentimento – que exerce, no entanto, um poder altamente destruidor.

O jogo de contrastes concretizado em sequências de antíteses é marca do estilo maneirista, prenunciador do Barroco, e expressa perfeitamente o estado de alma conturbado, assunto do poema e tema frequente nas produções renascentistas. Perceba-se a semelhança com um soneto de Petrarca, comparando-se a última estrofe:

Pascomi di dolor, piangendo rido,
Egualmente mi spiace morte e vita:
In questo stato son, Donna, per vui.

[*De dores só me nutro, rindo choro,*
Igualmente desdenho morte e vida:
Estou assim por vós, minha Senhora.]

---

1. *Abarco e nada aperto*: tento abraçar e nada alcanço.
2. *Desconcerto*: desarmonia.
3. *Agora desvario, agora acerto*: ora enlouqueço... ora sou sensato.
4. Note que este verso, que contém uma antítese, refere-se à tradicional dualidade entre o corpo ("estando em terra") e a alma/pensamento ("chego ao Céu voando").

[6]

Quando da bela vista e doce riso
tomando estão meus olhos mantimento[1],
tão enlevado sinto o pensamento[2]
que me faz ver na terra o Paraíso.

5   Tanto do bem humano estou diviso[3],
que qualquer outro bem julgo por vento;
assi que em caso tal, segundo sento[4],
assaz de pouco faz quem perde o siso[5].

Em vos louvar, Senhora, não me fundo[6],
10   porque, quem vossas cousas claro sente,
sentirá que não pode merecê-las.

Que de tanta estranheza sois ao mundo,
que não é de estranhar[7], Dama excelente,
que quem vos fez fizesse céu e estrelas.

O amor é retratado aqui como um sentimento leve e positivo: a perturbação que causa não está associada a um pungente dilaceramento; parece mais um doce desprender-se da terra e dos demais seres humanos, um estar no mundo da lua, a imaginar a amada que, de modo delicado e indireto, é comparada no último verso à perfeição celeste e estelar. Sendo a mulher tão superior, perfeita, o poeta se conforma com uma contemplação distante.

A construção do poema revela que, mesmo ao tratar de um eu levemente desequilibrado pelo sentimento amoroso, Camões, como bom exemplo de poeta renascentista, mantém uma análise extremamente lúcida. O eu lírico reconhece os seus sentimentos, a causa deles e os impedimentos para a realização amorosa. A linguagem é límpida e de efeitos obviamente estudados: métrica e rimas regulares, paralelismo das construções (*"assi que..."* / *"assaz de..."*) jogos de palavras (*"sento"*, *"sente"*, *"sentirá"*, *"fez"*, *"fizesse"*).

---

1. Observe-se a ordem indireta, empregada na construção da frase. A ordem direta seria: *Quando meus olhos estão tomando mantimento (consciência) da bela vista e doce riso.*
2. O plano sensorial (aquilo que os olhos veem) provoca uma reação espiritual (pensamento enlevado).
3. *Diviso*: à parte, distanciado.
4. *Sento*: sinto.
5. Comenta-se que, diante de uma tal mulher, seria normal ("pouca coisa") perder a razão.
6. *Não me fundo*: não me empenho.
7. Repare o contraste entre "estranheza" e "não é de se estranhar".

[7]

Num tão alto lugar, de tanto preço[1],
este meu pensamento posto vejo,
que desfalece nele inda o desejo,
vendo quanto por mim o desmereço.

5 Quando esta tal baixeza em mim conheço[2],
acho que cuidar[3] nele é grão despejo[4],
e que morrer por ele me é sobejo[5]
e mór bem para mim do que mereço.

O mais que natural merecimento[6]
10 de quem me causa um mal tão duro e forte
o faz que vá crescendo de hora em hora.

Mas eu não deixarei meu pensamento[7],
porque, inda que este mal me causa a morte,
un bel morir tutta la vita onora[8].

A morte por amor é honrosa, especialmente quando a amada é um ser tão nobre. O eu lírico confessa-se indigno de merecer qualquer atenção de uma tal dama e, se sofre com isso, ao mesmo tempo julga essa dor uma forma de recompensa.

---

1. O poeta se sente inferiorizado diante da amada.
2. *Baixeza*: o sentimento de inferioridade do poeta pode estar relacionado à diferença de classe entre ele e a amada.
3. *Cuidar*: amar.
4. *Grão despejo*: grande ousadia.
5. *Sobejo*: excessivo, extraordinário.
6. O poeta considera mais que justo o grande valor da amada.
7. *Pensamento*: amor.
8. Verso do poeta italiano Petrarca: "uma bela morte é honrosa".

[8]

Amor é um fogo que arde sem se ver,
é ferida que dói, e não se sente;
é um contentamento descontente,
é dor que desatina[1] sem doer.

5 É um não querer mais que bem querer;
é um andar solitário entre a gente;
é nunca contentar-se de contente;
é um cuidar[2] que ganha em se perder.

É querer estar preso por vontade;
10 é servir a quem vence o vencedor[3];
é ter, com quem nos mata, lealdade[4].

Mas como causar pode seu favor
nos corações humanos amizade,
se tão contrário a si é o mesmo Amor?

Este soneto, um dos mais célebres de Camões, é um grande jogo de contrários. As três primeiras estrofes, construídas a partir do procedimento anafórico, isto é, pela repetição de uma mesma estrutura sintática (*"amor... é..."*), procura definir o sentimento amoroso através de aspectos vários: sensoriais (*"fogo que arde sem se ver"*, *"dor que desatina"*), sentimentais (*"nunca contentar-se de contente"*) e morais (*"é ter, com quem nos mata, lealdade"*). Mas há nessa apresentação alguma ironia, na medida em que a definição que o poema parece propor é frustrada pela própria característica do amor, sentimento complexo e variado, mutável e, no fundo, indefinível. O poeta concebe-o, então, como tensão entre forças contrárias, paradoxais. A conclusão vem, na última estrofe, na forma de uma pergunta: como esse sentimento pode, então, sendo assim tão "desencontrado", ser atraente para os seres humanos? Esse jogo de contrários permite entender o soneto como manifestação do espírito maneirista.

---

1. *Desatina*: enlouquece.
2. *Cuidar*: pensar, crer.
3. O vencedor se submete a quem ele venceu.
4. É ter lealdade com quem nos fere.

[9]

Vós que, de olhos suaves e serenos,
com justa causa[1] a vida cativais,
e que os outros cuidados[2] condenais
por indevidos, baixos e pequenos;

5 se ainda do Amor domésticos venenos[3]
nunca provastes, quero que saibais
que é tanto mais o amor depois que amais,
quanto são mais as causas de ser menos[4].

E não cuide[5] ninguém que algum defeito,
10 quando na cousa amada se apresenta,
possa diminuir o amor perfeito.

Antes o dobra mais e, se atormenta,
pouco e pouco o desculpa o brando peito[6];
que Amor com seus contrários se acrescenta[7].

Camões aplica neste soneto o jogo tortuoso de ideias que, parecendo se desmentir, mantêm no entanto a coerência. A ideia central é a de que o amor é contraditório e vários argumentos apoiam essa ideia: o amor jamais se esgota, por mais que se ame; quanto mais se sofre com o amor, mais se quer amar; os defeitos do ser amado só fazem crescer a admiração de quem o ama. Esse estilo dito maneirista antecipa o gosto Barroco pelas antíteses e paradoxos.

---

1. *Justa causa*: com razão.
2. *Outros cuidados*: outras preocupações.
3. *Do Amor domésticos venenos*: venenos particulares do Amor, como o ciúme.
4. O quarteto apresenta a ideia de que o Amor aumenta à medida que mais se ama e também quando o amor não é correspondido.
5. *Cuide*: acredite.
6. *Brando peito*: coração apaixonado.
7. O verso apresenta a ideia, frequente na lírica camoniana, de que os sofrimentos amorosos intensificam o próprio amor.

[10]

Vossos olhos, Senhora, que competem
co Sol em fermosura[1] e claridade,
enchem os meus de tal suavidade
que em lágrimas, de vê-los, se derretem.

5 Meus sentidos vencidos se sometem[2]
assi cegos[3] a tanta divindade[4]
e da triste prisão, da escuridade,
cheios de medo, por fugir remetem[5].

Mas se nisto me vedes, por acerto[6],
10 o áspero desprezo, com que olhais,
torna a espertar[7] a alma enfraquecida.

Ó gentil cura e estranho desconcerto![8]
Que fará o favor[9] que vós não dais,
quando o vosso desprezo torna a vida?

O poema trata da indiferença amorosa como força que desafia e revigora os sentimentos do eu lírico. Encantado com os olhos da amada, o poeta sente-se encalacrado como numa prisão e, temeroso por perder o controle dos sentidos, procura libertar-se de tamanha fascinação. Mas justamente o desprezo da amada reanima as forças do poeta, que se sente curado, num processo quase masoquista. Mais uma vez, o resultado é um profundo "desconcerto", a sensação de que não há lógica no amor, que se alimenta, na verdade, da fraqueza do amante. O final do poema, a pergunta mascara um pedido: afinal, se o desprezo pode provocar tanta energia, o que não poderia surgir a partir do amor, que a mulher insiste em negar?

---

1. *Fermosura*: beleza, formosura.
2. *Sometem*: submetem.
3. Note que justamente os olhos claros da amada provocam a cegueira do poeta.
4. Na edição de 1595, de *Rhythmas*, registra-se o verso assim: "assi cegos a tanta *divindade*". Leodegário A. de Azevedo Filho informa textualmente: "possivelmente o editor partiu de outra fonte manuscrita se é que não emendou arbitrariamente o verso. A partir da edição de 1598 de *Rimas*, por clara interferência da censura religiosa, passou-se a usar *majestade*, no lugar de *divindade*". Assim, parece mais cuidadoso respeitar a forma *divindade*, que aparece na edição mais antiga.
5. E cheios de medo meus olhos lutam para fugir da triste prisão, da escuridão.
6. Mas se vós pensais que eu desistirei.
7. *Torna a espertar*: reanima.
8. *Desconcerto*: contradição.
9. *Favor*: amor.

[11]

Quem diz que Amor é falso ou enganoso,
ligeiro[1], ingrato, vão, desconhecido,
sem falta[2] lhe terá bem merecido
que lhe seja cruel ou rigoroso.

5 Amor é brando, é doce e é piedoso.
Quem o contrário diz não seja crido[3];
seja por cego e apaixonado tido,
e aos homens, e inda[4] aos deuses, odioso.

Se males faz Amor, em mi se vêm;
10 em mi mostrando todo o seu rigor,
ao mundo quis mostrar quanto podia.

Mas todas suas iras são de amor;
todos estes seus males são um bem,
que eu por todo outro bem não trocaria.

A despeito de experimentar os rigores das dores amorosas, o poeta não considera o amor um sentimento maléfico ou destruidor; ao contrário, para ele é o amor um sentimento brando, generoso que supera todos os desassossegos e sofrimentos. Aqueles que não conhecem esta verdade e dizem ser o amor efêmero, ingrato e cruel merecem descrédito e rudes castigos, pois os males do amor são sempre um bem. O comportamento do poeta é exemplo do ideal platônico, que propõe a superação dos impulsos e padecimentos humanos como meio de alcançar-se o bem supremo.

---

1. *Ligeiro*: efêmero.
2. *Sem falta*: sem dúvida.
3. *Não seja crido*: não merece crédito.
4. *Inda*: inclusive; até mesmo.

[12]

Senhora, se de vosso lindo gesto[1]
nasceram lindas flores para os olhos,
que para o peito são duros abrolhos[2],
em mim se vê mui claro e manifesto[3].

5 Pois vossa fermosura e vulto honesto[4],
em os ver, de boninas[5] vi mil molhos[6];
mas, se meu coração tivera antolhos[7],
não vira em vós seu dano o mal funesto[8];

um mal visto[9] por bem, um bem tristonho,
10 que me traz elevado o pensamento
em mil, porém diversas, fantasias[10],

nas quais eu sempre ando, e sempre sonho.
E vós não cuidais[11] mais que em meu tormento,
em que fundais as vossas alegrias[12].

A amada, cheia de beleza e graça, provoca espontaneamente deleite para os olhos e desgostos para o coração do poeta. Está aqui enunciado o tema do amor não correspondido. Não por incompatibilidade entre os amantes, mas pelo alheamento da linda e ingênua mulher, que sequer tem consciência dos sonhos e dramas que promove; o amante fragilizado e entristecido lamenta-se pela impossibilidade da realização amorosa.

---

1. *Gesto*: feição, semblante. Na edição das *Rimas* de 1668, em que pela primeira vez aparece esse soneto, o primeiro verso é: "Se de vosso fermoso e lindo gesto".

2. *Abrolhos*: espinhos. Aqui no sentido de desgostos.

3. O poeta manifesta o prazer por admirar a beleza da amada e ao mesmo tempo sente-se rejeitado por ela.

4. *Honesto*: ingênuo.

5. *Boninas*: margaridas.

6. *Molhos*: buquês.

7. *Antolhos*: faixa com que se cobrem os olhos.

8. *Mal funesto*: mal fatal.

9. *Um mal visto*: existe a variante "um mal tido por bem" (*Canc. de Cristóvão Borges*).

10. *Fantasias*: sonhos, imaginação.

11. *Não cuidais*: não percebeis.

12. A amada não percebe que as alegrias dela são base do sofrimento do poeta.

[13]

Contente vivi já, vendo-me isento[1]
deste mal, de que a muitos queixar via.
Chamam-lhe amor; mas eu lhe chamaria
discórdia e sem-razão, guerra e tormento.

5 Enganou-me co nome o pensamento
(quem com tal nome não se enganaria?);
agora tal estou que temo um dia,
em que venha a faltar-me o sofrimento.

Com desesperação e com desejo
10 me paga o que por ele estou passando;
e inda está do meu mal mal satisfeito[2].

Pois sobre tantos danos inda vejo,
para dar-me outros mil, um olhar brando,
e para os não curar um duro peito[3].

Por ter menosprezado as dores manifestadas por apaixonados e não se ter precavido, o eu lírico foi ingenuamente seduzido pelo poder fascinante do amor: *"Enganou-me [o amor] co nome o pensamento / (quem com tal nome não se enganaria?)"*. Num tom de lamento e de advertência, o poeta explica a situação em que se encontra e expõe os sentimentos ambivalentes a que está condenado: repúdio e atração pelo sofrimento amoroso.

O soneto apresenta uma concepção intelectualizada da dor de amor e retoma a ideia de que a poesia reflete a vida e de que a partir da experiência íntima, particular, pode-se chegar a verdades generalizantes. O poema é assim uma confissão e ilustração das forças arrebatadoras do amor.

---

1. *Isento*: tranquilo, calmo.
2. O poeta, mesmo sofrendo do mal de amor, ainda se submete com prazer e dor ao mal insaciável.
3. O poeta afirma submeter-se a "outros mil danos", para ver um olhar brando ou um rosto austero ("duro peito").

[14]

Um mover d'olhos, brando e piedoso,
sem ver de quê; um riso brando e honesto[1],
quase forçado; um doce e humilde gesto,
de qualquer alegria duvidoso[2];

5   um despejo[3] quieto e vergonhoso[4];
um repouso gravíssimo e modesto;
ũa pura bondade, manifesto
indício da alma, limpo e gracioso;

um encolhido ousar; ũa brandura;
10   um medo sem ter culpa; um ar sereno;
um longo e obediente sofrimento:

esta foi a celeste fermosura
da minha Circe[5], e o mágico veneno
que pôde transformar meu pensamento.

O retrato da mulher amada é composto por traços físicos e de caráter, apresentados por meio de uma enumeração: mover de olhos, riso, gesto, bondade, brandura, ar sereno etc. Todos os elementos descritivos são caracterizados por adjetivos que reforçam sempre um modo delicado, retraído e discreto de ser e de agir. A beleza e compostura dessa figura feminina resultam em uma perfeição própria de uma divindade. Aparentemente tão frágil e pudica, essa mulher exerce um extraordinário poder de fascinação que perturba o eu lírico. Esse contraste (pureza x sensualidade) é reforçado através de certas imagens construídas por antíteses: o adjetivo "*manifesto*" opõem-se ao substantivo "*indício*" ("*manifesto indício da alma*"), recurso que se repete em "*encolhido ousar*".

---

1. *Honesto*: ingênuo.
2. *De qualquer alegria duvidoso*: equilibrado, contido.
3. *Despejo*: atitude.
4. *Vergonhoso*: recatado, tímido.
5. *Circe*: personagem da *Odisseia* de Homero, feiticeira que, por desejar Ulisses, transforma os companheiros do herói em porcos, graças a uma poção mágica.

[15]

Quem vê, Senhora, claro e manifesto
o lindo ser de vossos olhos belos,
se não perder a vista só em vê-los,
já não paga o que deve a vosso gesto[1].

5 Este me parecia preço honesto[2];
mas eu, por de vantagem merecê-los[3],
dei mais a vida e alma por querê-los,
donde já me não fica mais de resto.

Assi que a vida e alma e esperança
10 e tudo quanto tenho, tudo é vosso,
e o proveito disso eu só o levo.

Porque é tamanha bem-aventurança
o dar-vos quanto tenho e quanto posso,
que, quanto mais vos pago, mais vos devo[4].

Extasiado pela graça e beleza da amada, o poeta promete dar tudo o que possui – a esperança, a vida e a alma, – e mesmo assim saber-se devedor em relação ao bem recebido: a felicidade de poder contemplar a mulher. Esse enamoramento como fonte de virtude, de gratidão quase religiosa, mesclado ao comportamento subserviente, expressa o ideal de amor platônico e lembra valores da lírica provençal.

---

1. *Gesto*: rosto.
2. *Honesto*: justo, adequado.
3. *Por de vantagem merecê-los*: para que eu mereça ainda mais.
4. Note a oposição: "... quanto mais vos pago, mais vos devo".

[16]

De quantas graças tinha, a Natureza
fez um belo e riquíssimo tesouro;
e com rubis e rosas, neve e ouro,
formou sublime e angélica beleza.

5 Pôs na boca os rubis, e na pureza
do belo rosto as rosas, por quem mouro[1];
no cabelo o valor do metal louro;
no peito a neve em que a alma tenho acesa.

Mas nos olhos mostrou quanto podia,
10 e fez deles um sol, onde se apura
a luz mais clara que a do claro dia.

Enfim, Senhora, em vossa compostura
ela[2] a apurar chegou quanto sabia
de ouro, rosas, rubis, neve e luz pura[3].

O encanto e a singeleza da mulher são dádivas da Natureza: o cabelo tem a cor do ouro; a clara luminosidade dos olhos resplandece a luz do sol e a mulher conserva uma aura de pureza e beleza majestosa que provocam fascínio e êxtase contemplativo.

---

1. *Mouro*: padeço, morro.
2. O pronome "ela" refere-se à Natureza. Entende-se que a beleza da mulher supera a dos mais belos primores naturais.
3. Note-se as associações estabelecidas entre os traços femininos e metais, flores e pedras preciosas. (Ver comentário do poema "Ondados fios de ouro reluzente", p. 69.)

[17]

Tornai[1] essa brancura à alva açucena[2],
e essa púrpura cor às puras rosas;
tornai ao sol as chamas luminosas
dessa vista que a roubos vos condena.

5 Tornai à suavíssima sirena[3]
dessa voz as cadências deleitosas;
tornai a graça às Graças[4], que queixosas
estão de a ter por vós menos serena[5].

Tornai à bela Vênus a beleza;
10 a Minerva o saber, o engenho e a arte;
e a pureza à castíssima Diana[6].

Despojai-vos de toda essa grandeza
de dons; e ficareis em toda a arte
convosco só, que é só ser inumana[7].

A beleza da figura feminina é de certo modo responsabilizada por desestabilizar a ordem regular do mundo. O poeta acredita ser a mulher a detentora de atributos pertencentes a elementos da natureza e a entidades mitológicas e tenta convencê-la a restituir as cores às flores; o brilho, ao Sol; o canto, as graças, a beleza, a sabedoria e o vigor às ninfas e deusas. Destituída de todos esses valores, a mulher regressaria à condição "inumana", isto é, à essência pura, à substância divina. Evidencia-se, desse modo, a concepção platônica de que a imaterialidade é a perfeição.

---

1. *Tornai*: devolvei.
2. *Açucena*: lírio branco.
3. *Sirena*: canto delicado de algumas ninfas.
4. *Graças*: deusas mitológicas.
5. *Serena*: observe o trocadilho formado pelas palavras "sirena" (ninfa que canta suavemente) e "serena" (tranquila, sossegada).
6. *Vênus*: deusa da beleza; *Minerva*: deusa da sabedoria; *Diana*: deusa da caça e protetora da juventude tenra.
7. *Inumana*: embora o termo possa ser entendido como "desumana", parece não ser provável que o poeta julgasse cruel a amada; mas que o termo "inumana" constitua-se em um grandioso elogio: a mulher representa a beleza ideal, pura, não humana.

[18]

Ondados fios de ouro reluzente,
que agora da mão bela recolhidos,
agora sobre as rosas estendidos,
fazeis que sua beleza se acrescente;

5　olhos, que vos moveis tão docemente,
em mil divinos raios encendidos,
se de cá me levais alma e sentidos,
que fora, se de vós não fora ausente?

Honesto[1] riso, que entre a mor fineza
10　de perlas e corais nasce e parece,
se n'alma em doces ecos não o ouvisse!

Se imaginando só tanta beleza
de si, em nova glória, a alma se esquece,
que fará quando a vir? Ah! quem a visse!

São cantadas nestes versos as graças femininas: os fios de cabelos, a beleza suave das mãos, o movimento discreto dos olhos, o riso tímido, a meiguice e sensualidade pueris. Apenas a lembrança dessa bela mulher é suficiente para seduzir o poeta e estimular fantasias prazerosas e provocar suspiros por um possível encontro.

A descrição da mulher apresenta imagens muito próprias da época e diversas vezes repetidas na lírica camoniana. São exemplos as associações criadas entre o perfil feminino e elementos da natureza, considerados nobres, belos e valiosos, como – *"Ondados fios de ouro reluzente"* / *"olhos [...] em mil divinos raios encendidos"*; *"[Ondados fios] sobre as rosas estendidos"*.

---

1. *Honesto*: ingênuo, pueril.

[19]

Num bosque que das Ninfas[1] se habitava,
Sílvia, Ninfa linda, andava um dia;
subida numa árvore sombria,
as amarelas flores apanhava.

5   Cupido[2], que ali sempre costumava
a vir passar a sesta à sombra fria,
num ramo o arco e setas que trazia,
antes que adormecesse, pendurava.

A Ninfa, como idôneo tempo[3] vira
10 para tamanha empresa, não dilata[4],
mas com as armas foge ao Moço esquivo[5].

As setas traz nos olhos, com que tira[6].
Ó pastores! fugi, que a todos mata,
senão a mim, que de matar-me vivo[7].

A ambientação é toda ornada de referências à mitologia, compondo-se um cenário fantasioso no qual a mulher se transforma em uma caçadora de amores. Apenas no último verso do poema aparece a voz confessional do poeta: tendo caído nos encantos da mulher, ele padece já as dores de amor, vivendo como se estivesse a morrer.

---

1. *Ninfas*: divindades mitológicas, inspiradoras da poesia e da música.
2. *Cupido*: deus do amor, é representado como um caçador.
3. *Idôneo tempo*: momento adequado.
4. *Para tamanha empresa, não dilata*: não perde tempo para entrar em ação.
5. *Moço esquivo*: o Cupido que estava distraído.
6. Sílvia, armada com as setas de Cupido, seduz os pastores.
7. O poeta se sente imune contra as setas de Sílvia, pois já está seduzido pela amada.

[20]

Chorai, Ninfas, os fados[1] poderosos
daquela soberana fermosura!
Onde foram parar na sepultura
aqueles reais olhos graciosos?

5 Ó bens do mundo, falsos e enganosos!
Que mágoas para ouvir! Que tal figura
jaza[2] sem resplendor na terra dura,
com tal rosto e cabelos tão fermosos!

Das outras que será, pois poder teve
10 a morte sobre cousa tanto bela[3]
que ela eclipsava a luz do claro dia?

Mas o mundo não era digno dela;
por isso mais na terra não esteve:
ao Céu subiu, que já se lhe devia[4].

Trata-se de um necrológio, isto é, poema em louvor a alguma personalidade por ocasião de sua morte. Camões escreveu vários desses poemas, muitas vezes encomendados e remunerados. Este exalta a formosura de uma dama, provavelmente pertencente à nobreza (*"reais olhos"*) e expressa inicialmente a indignação com a morte de uma mulher tão bela; ao final, em uma inversão de raciocínio, essa mesma beleza justifica a morte: o mundo não era o lugar para alguém tão perfeito que merecia, de fato, o Paraíso celeste. Repare-se no idealismo platônico no retrato da figura feminina e no artifício, comum no Renascimento, de ambientar o poema no contexto da mitologia (*"Ninfas"*, *"fados"*).

---

1. *Fados*: Destino.
2. *Jaza*: repouse.
3. *Tanto bela*: tão bela.
4. *Que já se lhe devia*: o Céu era o destino adequado para tão bela mulher.

[21]

Amor, que o gesto[1] humano n'alma escreve[2],
vivas faíscas me mostrou um dia,
donde um puro cristal se derretia
por entre vivas rosas e alva neve.

5   A vista, que em si mesma não se atreve[3],
por se certificar do que ali via,
foi convertida em fonte[4], que fazia
a dor ao sofrimento doce e leve.

Jura Amor que brandura de vontade
10 causa o primeiro efeito; o pensamento
endoudece, se cuida que é verdade.

Olhai como Amor gera num momento,
de lágrimas de honesta piedade,
lágrimas de imortal contentamento.

Três momentos compõem o soneto: a primeira estrofe descreve o choro da amada; as duas estrofes seguintes tratam da reação do eu lírico diante do que vê e o último terceto apresenta uma conclusão genérica e moralizante, a de que o amor provoca tanto piedade quanto euforia.

Reconstruindo a linha de raciocínio que orienta o poema, é possível entender que o eu lírico se comova com as lágrimas da mulher e, ao perceber que ela chora por amor, se sinta feliz por imaginar-se querido.

É importante notar que a linguagem é bastante figurada, repleta de metáforas ("*puro cristal*" = olhos; "*vivas rosas*" = faces rosadas; "*alva neve*" = pele branca) e o amor é personificado, como se observa em "*Amor... me mostrou um dia*" e "*Jura Amor que...*" Esses recursos linguísticos chegam mesmo a dificultar a interpretação do texto, lembrando artifícios que seriam empregados frequentemente no período do Barroco, no século XVII.

---

1. *Gesto*: rosto.
2. O primeiro verso afirma que o amor marca na alma do amante as feições do ser amado, como se verifica nos versos seguintes.
3. *Não se atreve*: não ousa acreditar.
4. *A vista [...] foi convertida em fonte*: os olhos começaram a chorar.

[22]

Transforma-se o amador na cousa amada,
por virtude[1] do muito imaginar;
não tenho, logo, mais que desejar,
pois em mim tenho a parte desejada.

5 Se nela está minh'alma transformada,
que mais deseja o corpo de alcançar?
em si somente pode descansar,
pois consigo tal alma está liada.

Mas esta linda e pura semideia[2]
10 que, como um acidente em seu sujeito,
assi com a alma minha se conforma,

está no pensamento como ideia;
o vivo e puro amor de que sou feito,
como a matéria simples, busca a forma.

A luta entre a satisfação no plano do ideal e o desejo no plano corpóreo é o que move o raciocínio exposto neste poema, quase "dissertativo" em sua explanação. As duas primeiras estrofes remetem à teoria platônica de idealização: a união com a amada é realizada pela imaginação, no nível do pensamento, e deveria satisfazer completamente o amante. Este chega até mesmo a esquecer-se de si, despersonalizando-se, pois transforma-se na "coisa amada". O eu lírico deveria aquietar-se com essa aproximação amorosa imaginária, que integra a amada como parte constituinte do amante.

No entanto, os tercetos negam que esse contato idealizado, distante, possa ser harmonioso e satisfatório. Baseado em um pensamento aristotélico, o poeta afirma que o amor jamais se completa se não tiver correspondência material, física. Nesse caso, o desejo é entendido como a matéria que busca a forma, isto é, o amante que busca a amada.

---

1. *Por virtude*: em consequência.
2. *Semideia*: semideusa.

[23]

Posto me tem Fortuna[1] em tal estado,
e tanto a seus pés me tem rendido!
Não tenho que perder já, de perdido,
não tenho que mudar já, de mudado.

5 Todo o bem para mim é acabado;
daqui dou o viver já por vivido;
que, aonde o mal é tão conhecido,
também o viver mais será escusado[2].

Se me basta querer, a morte quero,
10 que bem outra esperança não convém,
e curarei um mal com outro mal.

E pois do bem tão pouco bem espero,
já que o mal este só remédio tem,
não me culpem em querer remédio tal.

O encadeamento lógico de ideias lembra a postura dos escritores clássicos, que frequentemente submetem os sentimentos à investigação racional. Dessa maneira, verifica-se no soneto uma linha clara de raciocínio:

– *apresentação do problema*: 1ª e 2ª estrofes: o destino tem sido tão impiedoso com o poeta, que se percebe modificado, perdido, derrotado.
– *consequência do problema*: primeiro terceto: a desesperança e o desejo da morte.
– *conclusão*: o poeta é definitivamente vencido pelo destino tão cruel e pede compreensão a quem o lê por desejar a morte.

Essa organização objetiva, lógica, contrasta fortemente com o tom desesperançado e pessimista do poeta, que vive uma situação tão dolorida que a morte passa a ser entendida como solução.

---

1. *Fortuna*: destino, sina.
2. *Escusado*: inútil.

[24]

Aquela triste e leda madrugada,
cheia toda de mágoa e de piedade,
enquanto houver no mundo saudade
quero que seja sempre celebrada.

5 Ela só, quando amena e marchetada[1]
saía, dando ao mundo claridade,
viu apartar-se de uma outra vontade[2],
que nunca poderá ver-se apartada.

Ela só viu as lágrimas em fio
10 que, de uns e de outros olhos derivadas,
se acrescentaram em grande e largo rio.

Ela viu as palavras magoadas
que puderam tornar o fogo frio,
e dar descanso às almas condenadas[3].

O poema é de "celebração" de uma data, memorável exatamente pela separação de dois amantes. Fala-se simultaneamente da madrugada e do sofrimento amoroso. Por isso, o amanhecer pode ser alegre (do ponto de vista descritivo, físico) e triste (por causa da separação dos amantes). Opõe-se, assim, um mundo interior a um mundo exterior; mas a tristeza do poeta extravasa, inundando com lágrimas o universo externo. Tristeza e comoção tamanhas, que, comparadas aos castigos do inferno, causam maiores sofrimentos.

---

1. *Marchetada*: matizada, tingida de diversas cores.
2. Note-se a elipse: viu apartar-se (distanciar-se) de uma *vontade* outra vontade.
3. As almas condenadas sentiriam alívio ao conhecer as dores de amor do poeta.

[25]

Quando o sol encoberto vai mostrando
ao mundo a luz quieta e duvidosa,
ao longo de ũa praia deleitosa,
vou na minha inimiga[1] imaginando.

5 Aqui a vi os cabelos concertando;
ali, co a mão na face, tão fermosa;
aqui, falando alegre, ali cuidosa;
agora estando queda[2], agora andando.

Aqui esteve sentada, ali me viu,
10 erguendo aqueles olhos tão isentos[3];
aqui movida[4] um pouco, ali segura[5];

aqui se entristeceu, ali se riu...
enfim, nestes cansados pensamentos,
passo esta vida vã, que sempre dura.

A serenidade de um pôr de sol em uma paisagem marítima suscita ao eu lírico recordações da mulher com quem compartilhara, no passado, esse ambiente agradável, prazeroso. O poeta em tudo vê a formosura, a alegria, os gestos delicados da jovem amada. De modo meio vago, compõe-se um retrato expressivo, impregnado de gestos brandos, de imagens singelas, que lembram figuras femininas representadas nas pinturas renascentistas de Rafael ou de Botticelli. Especialmente a 2ª e 3ª estrofes criam esse efeito sugestivo: "*os cabelos concertando*"; "*mão na face*"; "*estando queda*"; "*sentada*".

A despeito de toda a sensação de suavidade e leveza, que advém da descrição da figura feminina, o soneto está impregnado de uma melancolia sutil, que se revela intensa no triste lamento do poeta: "*enfim, nestes cansados pensamentos, / passo esta vida vã, que sempre dura*".

---

1. *Inimiga*: é uma expressão comum entre os renascentistas italianos, segundo Maria de Lourdes Saraiva. Equivale à expressão "minha amada". Pode-se entender também como sendo uma antítese: o que há de agradável e desagradável na figura da mulher amada.
2. *Queda*: sinônimo de quieta.
3. *Isentos*: calmos.
4. *Movida*: insegura, frágil.
5. *Segura*: tranquila.

[26]

Alma minha gentil[1], que te partiste
tão cedo desta vida descontente,
repousa lá no Céu eternamente,
e viva eu cá na terra sempre triste.

5 Se lá no assento etéreo[2], onde subiste,
memória desta vida se consente[3],
não te esqueças daquele amor ardente
que já nos olhos meus tão puro viste.

E se vires que pode merecer-te
10 algũa cousa a dor que me ficou
da mágoa, sem remédio, de perder-te,

roga a Deus, que teus anos encurtou,
que tão cedo de cá me leve a ver-te,
quão cedo de meus olhos te levou.

Não apenas este soneto mas todos os que de alguma maneira se relacionam à figura de Dinamene apresentam um valor meio lendário no imaginário lusitano. Ao longo dos séculos, diversos críticos associaram informações variadas sobre a vida amorosa de Camões a versos que trazem referências à mulher amada morta em naufrágio. Há os que afirmam ser Dinamene uma jovem chinesa com quem o poeta tivera um breve relacionamento amoroso. Outros afirmam que o remorso do poeta está expresso na série de poemas dedicados à Dinamene, pois teria ele preferido salvar os originais de *Os Lusíadas* à namorada, durante um acidente marítimo no rio Mekong. Há ainda os que veem no nome "Dinamene" a designação de ninfa do mar ou o disfarce do nome D. Joana Noronha de Andrade, dama nobre, por quem Camões dedicara um amor platônico.

De qualquer modo, tomando-se ou não informações sobre a biografia de Camões, é importante destacar o tom universal que o poema apresenta, através da ideia, tão frequente na lírica camoniana, de que o "eu-amante" só se completa no "eu-amado". Uma vez que a amada partiu *"tão cedo desta vida"*, o amante deseja que sua própria vida também seja abreviada. Dessa maneira, o pedido emocionado e comovente do poeta é representativo da súplica comum àqueles que sofrem pela morte do ser amado.

---

1. *Gentil*: nobre, formosa.
2. *Assento etéreo*: Céu.
3. Se no Céu, for possível a lembrança da vida terrena

[27]

Ah, minha Dinamene, assi deixaste
quem não deixara nunca de querer-te!
Ah, Ninfa minha, já não posso ver-te,
tão asinha[1] esta vida desprezaste!

5 Como já para sempre te apartaste
de quem tão longe estava de perder-te?
Puderam estas ondas defender-te
que não visses quem tanto magoaste?

Nem falar-te somente a dura morte
10 me deixou, que tão cedo o negro manto[2]
em teus olhos deitado consentiste!

Ó mar, ó Céu, ó minha escura sorte![3]
Que pena sentirei, que valha tanto,
que ainda tenho por pouco o viver triste?

O poeta invoca a alma da mulher amada, através de um lamento triste e desesperançado que faz ecoar um tom de melancolia e, ao mesmo tempo, de autopiedade. Queixa-se o eu lírico de ter sido surpreendido, até mesmo traído, pela precoce e inesperada morte de Dinamene. Lastima, assim, ao mar, ao Céu, à sorte o terrível destino de viver só.

---

1. *Tão asinha*: repentinamente, tão depressa.
2. *Negro manto*: eufemismo para ideia de morte.
3. *Escura sorte*: destino cruel.

[28]

O céu, a terra, o vento sossegado;
as ondas, que se estendem pela areia;
os peixes, que no mar o sono enfreia[1];
o nocturno silêncio repousado...

5 O pescador Aônio que, deitado
onde co vento a água se meneia[2],
chorando, o nome amado em vão nomeia,
que não pode ser mais que nomeado[3].

"Ondas – dizia –, antes que Amor me mate,
10 tornai-me a minha Ninfa[4], que tão cedo
me fizeste à morte estar sujeita."

Ninguém lhe fala. O mar, de longe, bate;
move-se brandamente o arvoredo...
Leva-lhe o vento a voz, que ao vento deita[5].

Na primeira estrofe, a paisagem marinha é sombria e tende à imobilidade silenciosa. Nesse ambiente, surge a imagem solitária do pescador, que, desesperado pela morte da mulher amada, pede à natureza a sua volta. Esse sentimento de dor causado pela separação precoce dos amantes é um dos temas frequentes na lírica camoniana e aparece especialmente nos poemas que, como este, são dedicados à Dinamene.

No último terceto, reforça-se o isolamento do eu lírico. O cenário, retomando a atmosfera melancólica do início do texto, mostra-se indiferente, é uma moldura escura, alheia ao drama do amante. É interessante observar que a natureza perde a vivacidade e o colorido típico da paisagem pagã. A referência à mitologia se faz através de uma comparação entre a mulher amada e uma ninfa.

---

1. *Enfrear*: conter, reprimir.
2. *Menear*: oscilar.
3. O nome da amada é apenas um som que não pode trazê-la de volta.
4. *Ninfa*: divindade feminina, habitante de rios e bosques; mulher de rara beleza.
5. A voz do poeta se perde com o vento.

[29]

Cara minha inimiga[1], em cuja mão
pôs meus contentamentos a ventura,
faltou-te a ti na terra sepultura,
por que[2] me falte a mim consolação.

5 Eternamente as águas lograrão[3]
a tua peregrina fermosura;
mas, enquanto me a mim a vida dura,
sempre viva em minha alma te acharão.

E se meus rudos[4] versos podem tanto
10 que possam prometer-te longa história
daquele amor tão puro e verdadeiro,

celebrada serás sempre em meu canto;
porque enquanto no mundo houver memória,
será minha escritura teu letreiro[5].

Retoma-se neste poema o sofrimento pela perda definitiva do ser amado. O poeta se dirige possivelmente à Dinamene, lamentando a falta de sepultura para a amada, morta em naufrágio. Aceita tristemente o fato de que o mar abrigará o corpo da amada e deseja que ao menos os seus versos simples possam servir de homenagem póstuma à mulher que amou.

---

1. *Minha inimiga*: vide nota 1, p. 83.
2. *Por que*: tem o sentido de finalidade: para que.
3. *Lograrão*: desfrutarão.
4. *Rudos*: rudes.
5. *Será minha escritura teu letreiro*: a obra do poeta sempre fará referência à amada; "teu letreiro" seria o texto inscrito na lápide da amada morta.

[30]

Doces águas e claras do Mondego[1],
doce repouso de minha lembrança,
onde a comprida e pérfida esperança
longo tempo após si[2] me trouxe cego:

5   de vós me aparto; mas, porém, não nego
que inda a memória longa, que me alcança,
me não deixa de vós fazer mudança;
mas quanto mais me alongo, mais me achego[3].

Bem pudera Fortuna este instrumento
10   d'alma levar por terra nova e estranha,
oferecido ao mar remoto e vento;

mas alma, que de cá vos acompanha,
nas asas do ligeiro pensamento,
para vós, águas, voa, e em vós se banha[4].

Além de expressar a ideia recorrente na poesia clássica de que o cenário bucólico é motivo de contemplação e de reflexão, o poeta atribui às doces e claras águas do rio Mondego o papel de testemunho dos seus sofrimentos amorosos. Assim, ao despedir-se do rio, o eu lírico deseja que as águas possam revelar à mulher amada as lágrimas por ele vertidas e que ela, comovida, igualmente aumente a torrente do rio com o próprio pranto. Através da imagem – rio depositário ("*doce repouso de minha lembrança*") e revelador de lembranças e sofrimentos ("*mas alma, que de cá vos acompanha, / nas asas do ligeiro pensamento, / para vós, águas, voa, e em vós se banha*") – o texto ganha um tom dramático e ressalta-se a dor do eu lírico, causada pela ausência da amada.

---

1. *Mondego*: rio que banha Coimbra.
2. *Após si*: atrás de si.
3. O poeta tem consciência de que despedir-se do lugar, que evoca a amada, não promove aquietação da alma, na verdade, a dor parece avivar-se quanto mais distante do Mondego ele está: "mas quanto mais me alongo, mais me achego".
4. No *Cancioneiro de Luís Franco*, os tercetos se apresentam diferentes:

   Não quero de meus males outra glória
   senão que lhe mostreis em vossas águas
   as dos meus olhos, com que os seus se banhem.

   Já pode ser que com minha memória,
   vendo meus males, vendo minhas mágoas,
   as suas com as minhas acompanhem.

[31]

Senhora minha, se a Fortuna imiga[1],
que em minha fim[2] com todo o Céu conspira,
os olhos meus de ver os vossos tira,
por que[3] em mais graves casos me persiga;

5   comigo levo esta alma, que se obriga,
na mor pressa[4] de mar, de fogo, de ira,
a dar-vos a memória, que suspira
só por fazer convosco eterna liga[5].

Nesta alma, onde a Fortuna pode pouco,
10   tão viva vos terei, que frio e fome
vos não possam tirar, nem vãos[6] perigos.

Antes co som da voz, trêmulo e rouco,
bradando por vós, só com vosso nome,
farei fugir os ventos e os imigos.

A separação dos amantes é lamentada, mas o poeta jura fidelidade à memória da mulher, cuja lembrança alimentará sua alma sofrida, a despeito das adversidades que possa enfrentar em sua viagem. O tom de revolta contra os desígnios do Destino é ainda ressaltado por meio de hipérboles: "*tão viva vos terei, que frio e fome / vos não possam tirar*"; "*[co som da voz] farei fugir os ventos*".

---

1. *Fortuna imiga*: destino cruel.
2. *Minha fim*: minha morte.
3. *Por que*: para que.
4. *Pressa*: aflição, angústia. O poeta indica os perigos que teme enfrentar ao cruzar os mares.
5. A memória é uma forma de ligação com a amada.
6. *Vãos*: inúteis.

[32]

Aqueles claros olhos que chorando
ficavam, quando deles me partia,
agora que farão? Quem mo diria?
Se porventura estarão em mim cuidando?[1]

5 Se terão na memória, como ou quando
deles me vim tão longe de alegria?[2]
Ou se estarão aquele alegre dia,
que torne a vê-los, na alma figurando?[3]

Se contarão as horas e os momentos?
10 Se acharão num momento muitos anos?
Se falarão co as aves e cos ventos?

Oh! bem-aventurados fingimentos[4]
que, nesta ausência, tão doces enganos
sabeis fazer aos tristes pensamentos!

Com a partida e a separação, o poeta questiona-se: a amada está ou não pensando nele? Mantém ela a lembrança da despedida? Anseia pelo reencontro? O triste amante imagina ainda que a amada talvez se angustie com o tempo que custa a passar. Esse turbilhão de hipóteses distrai o triste amante e alivia-se o seu tormento com a fantasia.

A amada é retratada no poema de forma metonímica, sendo que se reduz aos olhos (parte) a referência à mulher (todo). Vale notar ainda que, recorrendo a um procedimento que lembra as cantigas de amigo do Trovadorismo, a natureza participa do drama sentimental, como uma possível interlocutora com quem se desabafam os sofrimentos amorosos (*"Se falarão co as aves e cos ventos"*).

---

1. *Se porventura estarão em mim cuidando*: se talvez estão pensando em mim.
2. *Tão longe de alegria*: tão tristes.
3. *Ou se estarão aquele alegre dia, que torne a vê-los, na alma figurando*: ou se estarão pensando no dia alegre do reencontro.
4. *Fingimentos*: sonhos, devaneios.

[33]

Quando de minhas mágoas a comprida
maginação[1] os olhos me adormece,
em sonho aquela alma me aparece
que para mim foi sonho nesta vida.

5   Lá numa soidade[2], onde estendida
a vista pelo campo desfalece,
corro para ela; e ela então parece
que mais de mim se alonga[3], compelida[4].

Brado: "Não me fujais, sombra benina!"[5]
10 Ela – os olhos em mim cum brando pejo[6],
como quem diz que já não pode ser –,

torna a fugir-me; e eu, gritando: "*Dina...*"
antes que diga *mene*, acordo, e vejo
que nem um breve engano posso ter.

As saudades de Dinamene acompanham o poeta em seus sonhos. Levado pela imaginação a uma paisagem de solidão, ele vislumbra a amada, que se afasta. Repete-se em sonho a dolorosa separação que a morte de Dinamene causara na vida real. Desesperado, o poeta acorda e queixa-se de que nem na fantasia lhe é permitido aplacar seu sofrimento.

---

1. *Comprida maginação*: intenso pensamento.
2. *Soidade*: solidão.
3. *Se alonga*: se afasta.
4. *Compelida*: obrigada, forçada.
5. *Benina*: agradável.
6. *Brando pejo*: leve acanhamento.

[34]

A fermosura desta fresca serra
e a sombra dos verdes castanheiros,
o manso caminhar destes ribeiros,
donde toda a tristeza se desterra[1];

5 o rouco som do mar, a estranha terra,
o esconder do sol pelos outeiros[2],
o recolher dos gados derradeiros[3],
das nuvens pelo ar a branda guerra[4];

enfim, tudo o que a rara natureza
10 com tanta variedade nos of'rece,
me está, se não te vejo, magoando.

Sem ti, tudo me enoja e me avorrece[5];
sem ti, perpetuamente estou passando,
nas mores alegrias, mor tristeza.

O entardecer é, neste soneto, pintado por meio de sugestões visuais e sonoras que compõem um momento de mansidão e sereno recolhimento. Combinam-se em enumeração a frescura da serra, a sombra dos verdes castanheiros, o caminhar manso de ribeiros, o esconder do sol – enfim – "*tudo o que a rara natureza / com tanta variedade nos oferece*".

No entanto, toda a suavidade e sugestão de acolhimento de nada valem se, no íntimo, o eu lírico está só. A saudade da mulher amada contamina todos os sentimentos do poeta que, em meio às maiores alegrias, está condenado a viver intensa tristeza.

---

1. *Desterra*: afugenta.
2. *Outeiro*: monte.
3. *Gados derradeiros*: os últimos rebanhos que se recolhem.
4. A branda guerra das nuvens pelo ar.
5. *Avorrece*: aborrece.

[35]

Alegres campos, verdes arvoredos,
claras e frescas águas de cristal,
que em vós os debuxais[1] ao natural,
discorrendo[2] da altura dos rochedos;

5 silvestres montes, ásperos penedos,
compostos em concerto desigual[3],
sabei que, sem licença de meu mal,
já não podeis fazer meus olhos ledos[4].

E pois me já não vedes como vistes,
10 não me alegrem verduras deleitosas[5]
nem águas que correndo alegres vêm.

Semearei em vós lembranças tristes,
regando-vos com lágrimas saudosas,
e nascerão saudades de meu bem.

O poeta estabelece uma conversa com uma paisagem campestre clara, cheia de viço e movimento. A descrição do cenário explora sensações visuais e táteis, criando uma extraordinária sugestão de movimento: "*Alegres campos, verdes arvoredos, / claras e frescas águas de cristal*" "*discorrendo da altura dos rochedos*". No entanto, toda a diversidade, beleza e vibração do cenário natural não mais podem servir de alento ou alegria ao poeta – "*já não podeis fazer meus olhos ledos*" – porque a sua tristeza contamina todo esse cenário agradável. Assim, o eu lírico afirma que semeará nos montes e penedos a própria dor, regando-a com lágrimas saudosas da amada, de modo que se materializem os seus sofrimentos. É comum na poesia de Camões esta ideia de que a sensibilidade do momento determina a visão que se tem da natureza. Trata-se na verdade quase de um clichê literário.

---

1. *Debuxar*: delinear, traçar contornos.
2. *Discorrer*: correr, precipitar.
3. *Concerto desigual*: conjunto diverso.
4. *Ledos*: alegres.
5. *Verduras deleitosas*: frescor dos campos.

[36]

Já tempo foi que meus olhos folgavam[1]
de ver os verdes campos graciosos;
tempo foi já também que os sonorosos[2]
ribeiros meus ouvidos recreavam.

5 Foi tempo que nos bosques me alegravam
os cantares das aves saudosos,
os freixos e altos álamos[3] umbrosos[4]
cujos ramos por cima se ajuntavam.

Permanecer não pude em tal folgança[5];
10 não me pôde durar esta alegria,
não quis este meu bem ter segurança[6];

ainda neste tempo eu não sentia
do fero[7] Amor a força e a mudança,
os laços e as prisões com que prendia.

Este soneto retoma a ideia de que a beleza está associada aos olhos de quem vê. Desse modo, toda a paisagem natural era alegre, agradável, porque nela se refletia a felicidade do poeta. No momento presente, os verdes campos, os bosques e árvores frondosas, o cantar das aves e os murmurantes ribeiros não são mais graciosos, perderam o encanto e não podem mais alegrar o poeta: "*não me pôde durar esta alegria*". Nada vale todo o vigor da natureza porque se sofre de um amor não correspondido. Restam, portanto, os sentimentos de abandono e desalento, que dominam o estado de espírito do eu lírico.

---

1. *Folgar*: alegrar.
2. *Sonoroso*: melodioso, murmurante.
3. *Freixos e álamos*: árvores.
4. *Umbrosos*: cheios de sombra.
5. *Folgança*: felicidade, prazer.
6. *Segurança*: perene, duradouro.
7. *Fero*: cruel, feroz.

[37]

Julga-me a gente toda por perdido
vendo-me, tão entregue a meu cuidado[1],
andar sempre dos homens apartado[2]
e dos tratos humanos esquecido.

5 Mas eu, que tenho o mundo conhecido
e quase que sobre ele ando dobrado[3],
tenho por baixo[4], rústico, enganado,
quem não é com meu mal engrandecido.

Vão revolvendo a terra, o mar e o vento,
10 busque riquezas, honras a outra gente,
vencendo ferro, fogo, frio e calma[5];

que eu só, em humilde estado, me contento
de trazer esculpido eternamente
vosso fermoso gesto dentro n'alma.

Os versos exaltam a glória que se sente em sofrer; assim não importa ao poeta que muitos o julguem perdido e alienado do convívio social. Na verdade, o eu lírico afirma o desprezo por todos aqueles que se preocupam com honras, riquezas e não percebem a felicidade que advém do amor purificado. Este soneto pode ser tomado como ilustração para a tese do amor platônico, que propõe o apaziguamento emocional, através do recolhimento da alma ao plano do pensamento.

---

1. *Cuidado*: padecimento.
2. *Apartado*: afastado, distante.
3. *Ando dobrado*: tenho me dedicado, atento.
4. *Tenho por baixo*: tenho desprezo, desconsidero.
5. Esta estrofe é especialmente sonora, melodiosa, ritmada, como sugerindo inquietude de anseios.

[38]

O tempo acaba o ano, o mês e a hora,
a força, a arte, a manha[1], a fortaleza;
o tempo acaba a fama e a riqueza,
o tempo o mesmo tempo de si chora.

5   O tempo busca e acaba o onde mora
qualquer ingratidão, qualquer dureza;
mas não pode acabar minha tristeza,
enquanto não quiserdes vós, Senhora.

O tempo o claro dia torna escuro,
10   e o mais ledo[2] prazer em choro triste;
o tempo a tempestade em grã bonança.

Mas de abrandar o tempo estou seguro
o peito de diamante[3], onde consiste
a pena e o prazer desta esperança.

Por meio de várias afirmações, o poeta teoriza sobre a capacidade transformadora do tempo. O tempo gasta, destrói, altera, põe fim a tudo, até mesmo modifica o próprio tempo. No entanto, esta força reorganizadora em nada toca os sentimentos da mulher amada, que, a despeito da passagem do tempo, permanece distante, insensível. Esse paradoxo realimenta o drama do eu lírico, que, apesar de se sentir condenado à rejeição, mantém a esperança na possibilidade de o tempo operar alguma modificação no comportamento da amada.

---

1. *Manha*: habilidade, aptidão.
2. *Ledo*: alegre.
3. *Peito de diamante*: coração duro, cruel.

[39]

Sete anos de pastor Jacob servia
Labão, pai de Raquel[1], serrana[2] bela;
mas não servia ao pai, servia a ela,
e a ela só por prêmio pretendia.

5 Os dias, na esperança de um só dia,
passava, contentando-se com vê-la;
porém o pai, usando de cautela,
em lugar de Raquel lhe dava Lia.

Vendo o triste pastor que com enganos
10 lhe fora assi negada a sua pastora,
como se a não tivera[3] merecida,

começa de servir outros sete anos,
dizendo: "Mais servira, se não fora
para tão longo amor tão curta a vida".

Associam-se neste poema o tema da persistência do amor e a reflexão sobre a efemeridade da vida humana. Camões retoma a história de Jacó. Nesse episódio bíblico, narra-se que Labão, para permitir o casamento de sua filha Raquel com Jacó, impôs que este trabalhasse servilmente durante sete anos. Resignado, Jacó cumpriu a exigência de Labão, mas foi enganado no dia do casamento: ao invés de Raquel, recebeu em matrimônio Lia, filha mais velha de Labão. Depois disso, Jacó se submete a mais sete anos de sacrifício, para enfim esposar-se com Raquel.

Retomando essa história, Camões glorifica o amor platônico e sugere que todo o sacrifício é sempre mínimo, a própria existência humana é breve diante da possibilidade de realização amorosa, como afirma nos versos: "*Mais servira, se não fora / para tão longo amor tão curta a vida*".

---

1. Observe a ordem inversa dos dois primeiros versos: *Jacob servia como pastor por sete anos Labão, pai de Raquel*. O emprego de hipérbatos (inversões sintáticas) é frequente na produção do Renascimento.
2. *Serrana*: camponesa.
3. Note o emprego do pretérito mais-que-perfeito com valor de pretérito imperfeito do subjuntivo: "tivera" com sentido de "tivesse"; "se não fora" com sentido de "se não fosse".

[40]

Cá nesta Babilônia[1], donde mana
matéria a quanto mal o mundo cria[2];
cá onde o puro Amor não tem valia,
que a Mãe[3], que manda mais, tudo profana;

5 cá, onde o mal se afina[4] e o bem se dana,
e pode mais que a honra a tirania;
cá, onde a errada e cega Monarquia[5]
cuida[6] que um nome vão a desengana[7];

cá, neste labirinto, onde a nobreza
10 com esforço e saber pedindo vão
às portas da cobiça e da vileza[8];

cá neste escuro caos de confusão,
cumprido o curso estou da natureza[9].
Vê se me esquecerei de ti, Sião![10]

O texto bíblico registra os terríveis sofrimentos a que foi submetido o povo judeu, durante o exílio forçado, em Babilônia, que passou a ser considerada símbolo de lugar onde impera a desordem, a infâmia, a desumanidade. Camões retoma essa história consagrada para tematizar as dores de exílio, também por ele vividas, e afirmar que, como os israelitas, resistirá bravamente ao desespero, aos castigos deprimentes e jamais esquecerá a sua terra natal, para a qual espera um dia regressar.

---

1. *Babilônia*: local do cativeiro dos israelitas.
2. O poeta associa Babilônia ao exílio e sofrimento, local onde o mal domina. Para Camões, Babilônia pode simbolizar a Índia, onde viveu no exílio.
3. O termo "Mãe" é uma referência a Vênus, deusa do amor sensual, que, no poema, se opõe ao "puro Amor", amor espiritual.
4. *Afina*: refina, intensifica.
5. *Errada e cega Monarquia*: injusto e equivocado poder humano.
6. *Cuida*: pensa.
7. Verso enigmático, talvez o poeta condene o fato de os poderosos de Babilônia justificarem seus males com a alegação de que agem em nome de Cristo.
8. A nobreza, as guerras e o conhecimento estão, em Babilônia, associados à cobiça e à traição.
9. *Curso da natureza*: destino.
10. *Sião*: cidade de Jerusalém, que simboliza a pátria dos israelitas.

ɞ [41] ɞ

O dia em que eu nasci moura e pereça[1],
não o queira jamais o tempo dar[2];
não torne mais ao mundo e, se tornar,
eclipse nesse passo o Sol padeça[3].

5 A luz lhe falte, o Sol se lhe escureça,
mostre o mundo sinais de se acabar;
nasçam-lhe monstros, sangue chova o ar,
a mãe ao próprio filho não conheça.

As pessoas pasmadas, de ignorantes,
10 as lágrimas no rosto, a cor perdida,
cuidem[4] que o mundo já se destruiu.

Ó gente temerosa, não te espantes,
que este dia deitou ao mundo a vida
mais desventurada que se viu!

O poema inicia com uma paráfrase das palavras de Jó, personagem bíblico que, posto à prova por Deus, tudo perdeu na vida. Em certo ponto da narrativa, Jó, contrariando seu costume de sempre louvar a Deus, rebela-se contra o cruel destino e amaldiçoa o dia em que nasceu. Camões, recorrendo à intertextualidade, apropria-se das palavras iradas de Jó para expressar a revolta e desencanto em relação à sua própria vida, a "*mais desventurada que se viu*". Descrevendo um cenário assombroso, o poeta imagina com cores fortes a desordem que ocorreria se o seu nascimento se repetisse: escuridão sobre a Terra, surgimento de monstros, chuvas de sangue, dissolução da família, desespero diante da "*destruição do mundo*".

---

1. O poeta pede que o dia em que nasceu seja esquecido completamente.
2. *Não o queira jamais o tempo dar*: que não se repita no futuro o dia em que nasci.
3. *Eclipse nesse passo o Sol padeça*: o poeta deseja que o sol desapareça nesse momento (o de seu nascimento).
4. *Cuidem*: pensem.

[42]

Mudam-se os tempos, mudam-se as vontades,
muda-se o ser, muda-se a confiança;
todo o mundo é composto de mudança,
tomando sempre novas qualidades.

5 Continuamente vemos novidades,
diferentes[1] em tudo da esperança[2];
do mal ficam as mágoas na lembrança,
e do bem – se algum houve –, as saudades.

O tempo cobre o chão de verde manto,
10 que já coberto foi de neve fria[3],
e enfim converte em choro o doce canto.

E, afora este mudar-se cada dia,
outra mudança faz de mor espanto:
que não se muda já como soía[4].

Através de exemplos, apresenta-se a inconstância como a essência da vida humana. Assim, afirma-se a permanente instabilidade do mundo exterior e interior: "*Mudam-se os tempos, mudam-se as vontades*". A partir daí, chega-se a uma generalização de tom filosófico: "*todo o mundo é composto de mudança*".

O tom desiludido deste soneto vem do fato de que as mudanças – que poderiam anunciar melhores tempos – para o eu lírico associam-se a um entristecimento, pois convertem o canto em choro. Essa constatação amarga é reforçada, no último terceto, pela instabilidade do próprio ritmo – imprevisível – das transformações.

---

1. Cria-se um efeito interessante de contraste entre os termos "continuamente" e "diferentes", que sugerem respectivamente permanência e mudança.
2. *Esperança*: esperado.
3. Esta imagem do mundo natural contrasta com a do mundo emocional do eu lírico, pois relata um acontecimento positivo: a volta da primavera, quando a vida renasce, ganha força.
4. *Soía*: costumava.

[43]

Doce sonho, suave e soberano[1],
se por mais longo tempo me durara![2]
Ah! quem de sonho tal nunca acordara[3],
pois havia de ver tal desengano!

5 Ah! deleitoso bem! ah! doce engano,
se por mais largo espaço me enganara![4]
Se então a vida mísera acabara[5],
de alegria e prazer morrera[6] ufano[7].

Ditoso, não estando em mim, pois tive,
10 dormindo, o que acordado ter quisera[8].
Olhai com que me paga meu destino!

Enfim, fora de mim, ditoso estive[9].
Em mentiras ter dita razão era,
pois sempre nas verdades fui mofino[10].

Os sonhos trazem ao poeta a oportunidade de ser feliz e satisfazer seus desejos; uma vez desfeito o "engano", o eu lírico amaldiçoa a dura realidade e expressa a vontade de manter por mais tempo a alegria que conheceu dormindo. Confessa-se assim, pelo contraste com uma existência idealizada, o desencanto com a vida.

---

1. *Doce sonho, suave e soberano*: note-se o efeito sonoro produzido pela aliteração da consoante "s".
2. *Se por mais longo tempo me durara*: se por mais tempo tivesse durado.
3. *Acordara*: tivesse acordado.
4. *Enganara*: tivesse enganado.
5. *Acabara*: tivesse acabado.
6. *Morrera*: teria morrido.
7. *Ufano*: ingenuamente feliz.
8. *Quisera*: teria querido.
9. *Enfim, fora de mim, ditoso estive*: na imaginação (sonho) fui feliz.
10. *Em mentiras ter dita razão era, / pois sempre nas verdades fui mofino*: no sonho ter sorte parecia verdade, enquanto na realidade fui sempre infeliz.

❦ [44] ❧

Apolo[1] e as nove Musas, descantando[2]
com a dourada lira, me influíam[3]
na suave harmonia que faziam,
quando tomei a pena, começando:

5 "Ditoso[4] seja o dia e hora, quando
tão delicados olhos me feriam!
Ditosos os sentidos que sentiam
estar-se em seu desejo[5] trespassando..."

Assim cantava, quando Amor virou
10 a roda à esperança[6], que corria
tão ligeira que quase era invisível.

Converteu-se-me em noite o claro dia;
e, se alguma esperança me ficou,
será de maior mal, se for possível.

Queixa contra as mudanças súbitas no destino humano. A felicidade proporcionada pelo amor é abruptamente interrompida, de modo que a alegria ("*claro dia*") é substituída pela dor ("*noite*"), restando o receio de que o futuro reserve ainda piores sofrimentos.

---

1. *Apolo*: deus do Sol e da poesia, associa-se à harmonia, ao equilíbrio e à simetria. Vivia rodeado das nove Musas, entidades inspiradoras das artes.

2. *Descantando*: cantando ao som da lira.

3. *Me influíam [...] quando tomei a pena*: o primeiro quarteto é metalinguístico, uma vez que estabelece referência à produção literária do poeta, inspirado pelas divindades mitológicas.

4. *Ditoso*: bem-aventurado, feliz.

5. *Seu desejo*: o desejo da amada.

6. *Virou a roda à esperança*: referência à roda da Fortuna, símbolo da instabilidade da vida humana, que está sempre submetida ao acaso da sorte.

[45]

Busque Amor novas artes, novo engenho,
para matar-me, e novas esquivanças[1];
que não pode tirar-me as esperanças,
que mal me tirará o que eu não tenho.

5 Olhai de que esperanças me mantenho!
Vede que perigosas seguranças!
Que não temo contrastes nem mudanças,
andando em bravo mar, perdido o lenho[2].

Mas, conquanto não pode haver desgosto
10 onde esperança falta, lá me esconde
Amor um mal, que mata e não se vê.

Que dias há que na alma me tem posto
um não sei quê, que nasce não sei onde,
vem não sei como, e dói não sei por quê[3].

Submetido aos caprichos do Amor, o poeta sente-se hostilizado, desesperançado, quase mesmo derrotado por experiências dolorosas e extraordinariamente avassaladoras. O poeta confessa a sua condição de desnorteamento e o anseio inútil de entender a tirania do sentimento amoroso. O raciocínio do eu lírico evidencia uma lógica contraditória: não pode haver desgosto, porque não há mais esperança; no entanto, o Amor continua causando sofrimento, porque se vale de uma oculta potencialidade destruidora: "*Que dias há que na alma me tem posto / um não sei quê, que nasce não sei onde, / vem não sei como, e dói não sei por quê*".

---

1. *Esquivanças*: maldades, crueldades.
2. *Lenho*: barco.
3. A última estrofe apresenta uma frustrada tentativa de definição para o sentimento amoroso.

[46]

Erros meus, má fortuna, amor ardente
em minha perdição se conjuraram[1];
os erros e a fortuna sobejaram[2],
que para mim bastava o amor somente.

5 Tudo passei; mas tenho tão presente
a grande dor das cousas, que passaram,
que as magoadas iras me ensinaram
a não querer já nunca ser contente.

Errei todo o discurso de meus anos[3];
10 dei causa[4] que a Fortuna castigasse
as minhas malfundadas[5] esperanças.

De amor não vi senão breves enganos.
Oh! quem tanto pudesse que fartasse[6]
este meu duro gênio[7] de vinganças!

O poema traz três motivos bastante comuns na lírica camoniana: o arrependimento dos próprios erros, a queixa contra o cruel Destino e o amor não realizado. Por meio de uma análise intelectualizada, o poeta avalia a vida passada e chega à conclusão emocionada de que esperanças infundadas determinaram o fracasso amoroso, o sofrimento, o desconcerto completo. É interessante observar o tom caloroso e mesmo nervoso dos dois últimos versos do soneto, através dos quais o eu lírico implora alívio para tanto padecimento.

---

1. Os erros, a má sorte e o amor são as causas da dor do poeta.
2. *Sobejaram*: foram excessivos.
3. *Discurso de meus anos*: toda minha vida.
4. *Dei causa*: dei motivo.
5. *Malfundadas*: ingênuas esperanças.
6. *Fartasse*: aliviasse, abrandasse.
7. *Gênio*: espírito que, segundo os antigos, determinava o destino dos seres humanos. Nos dois últimos versos, o poeta roga que sejam abrandados os ímpetos de vingança de que é vítima.

[47]

Se as penas com que Amor tão mal me trata
quiser que tanto tempo viva delas
que veja escuro o lume das estrelas,
em cuja vista o meu se acende e mata[1];

5 e se o tempo, que tudo desbarata[2],
secar as frescas rosas sem colhê-las,
mostrando a linda cor das tranças belas
mudada de ouro fino em bela prata[3];

vereis, Senhora, então também mudado
10 o pensamento e aspereza vossa,
quando não sirva já sua mudança[4].

Suspirareis então pelo passado,
em tempo quando executar-se possa
em vosso arrepender minha vingança.

O poema estrutura-se através de um jogo de hipóteses que reiteram a ideia de vingança do eu lírico, que se sente rejeitado pela mulher amada. Tomado então de esperança de desforra, o poeta projeta para um futuro talvez distante o desejo de constatar a degradação da beleza, as marcas de envelhecimento e o arrependimento da mulher amada. Se o prazer de ver tais alterações for concedido, o poeta afirma que a amada sentirá a mesma rejeição e frieza que ela sempre lhe dedicou.

---

1. *Em cuja vista o meu se acende e mata*: o meu olhar entusiasma-se e aniquila-se, devido à frieza da amada.
2. *Desbarata*: desarranja, tumultua.
3. Imagem muito explorada na literatura, que sugere a passagem do tempo.
4. Quando a mudança vier tarde, for inútil.

[48]

Com voz desordenada, sem sentido,
e com olhos de lágrimas cobertos,
soltava o peito[1] em ásperos desertos
entre um vale escuro, empedernido[2],

5 Silvano triste, a quem endurecido
têm de uma bela Ninfa os desconcertos[3],
perdendo a esperança dos incertos
bens em que a Fortuna o há metido[4];

mas, volto em si um pouco[5], perguntava
10 asi por si o pastor[6]; desta tristeza
levanta o coração já desmaiado

e canta, como quem melhor se achava:
"Não desmaies, esprito, na pobreza,
que a fortuna à razão é mau treslado!"[7]

Incomum na lírica de Camões, o tom do poema é, ao final, de esperança. Isso acontece, talvez, porque o eu lírico se afasta da confissão diretamente pessoal. Neste soneto o poeta não relata a sua experiência amorosa, mas a de Silvano, que, desolado por não ser correspondido, reage e procura animar-se, acreditando que o futuro não lhe será tão cruel quanto o presente.

---

1. *Soltava o peito*: manifestava a tristeza.
2. *Empedernido*: amargurado.
3. Silvano sofre com a indiferença de uma bela mulher.
4. O destino permitiu que Silvano se enamorasse, mas não permitiu que se realizassem os desejos amorosos.
5. *Volto em si um pouco*: recompondo-se, acalmando-se.
6. *Asi por si*: Silvano dialogava consigo mesmo, estabelecendo um solilóquio.
7. A fala de Silvano indica que não se deve desanimar frente aos infortúnios, porque o destino pode sempre se alterar.

[49]

Em prisões baixas[1] fui um tempo atado,
vergonhoso castigo de meus erros;
inda agora arrojando[2] levo os ferros[3]
que a Morte, a meu pesar, tem já quebrado[4].

5 Sacrifiquei a vida a meu cuidado[5],
que Amor não quer cordeiros nem bezerros[6];
vi mágoas, vi misérias, vi desterros:
parece-me que estava assi ordenado[7].

Contentei-me com pouco, conhecendo
10 que era o contentamento vergonhoso[8],
só por ver que cousa era viver ledo[9].

Mas minha estrela[10], que eu já 'gora entendo,
a Morte cega e o Caso duvidoso,
me fizeram de gostos haver medo.

De caráter autobiográfico, o poema faz referência a uma pena de prisão, assim como ao sofrimento amoroso. O poeta reconhece seus erros, mas, ao mesmo tempo, se rebela contra o destino: a despeito da dedicação ao amor, a vida só lhe reserva *"mágoas"*, *"misérias"* e *"desterros"*, ou seja, exílio. Desse modo, sentindo-se injustiçado, ele aprendeu a desconfiar de qualquer prazer ou felicidade.

---

1. *Prisões baixas*: masmorras.
2. *Arrojando*: rastejando, arrastando.
3. *Ferros*: metonímia para indicar prisão; correntes, amarras, grilhões.
4. Alguns críticos associam a prisão à possibilidade de o poeta ter cometido um delito amoroso. A morte, referida no final da estrofe, talvez esteja relacionada a alguém que tivesse determinado a condenação. Com essa morte, a prisão do poeta teria sido suspensa.
5. *Cuidado*: amor.
6. *Amor não quer cordeiros nem bezerros*: o Amor não aceita sacrifícios de animais, somente sacrifícios humanos.
7. *Estava assi ordenado*: eu estava predestinado a isso (mágoas, misérias e desterros).
8. *Contentamento vergonhoso*: o poeta percebe que qualquer prazer é motivo de castigo.
9. *Só por ver que causa era viver ledo*: apenas para experimentar a felicidade.
10. *Minha estrela*: meu destino.

[50]

Ah, Fortuna cruel! Ah, duros Fados![1]
Quão asinha[2] em meu dano vos mudastes!
Passou o tempo que me descansastes;
agora descansais com meus cuidados[3].

5   Deixastes-me sentir os bens passados,
para mor dor da dor que me ordenastes;
então numa hora juntos mos levastes[4],
deixando em seu lugar males dobrados[5].

Ah! quanto melhor fora não vos ver,
10 gostos, que assi passais tão de corrida
que fico duvidoso se vos vi[6].

Sem vós já me não fica que perder,
senão se for esta cansada vida
que, por mor perda minha, não perdi.

Em tom dramático, o poeta afirma que teria sido melhor não conhecer *"os bens passados"* porque logo a sua sorte mudou e a felicidade não passava de uma ilusão. O último terceto indica, por meio de antítese (*"perda minha"*, *"não perdi"*), o grau de desespero do ser que sofre: vivendo na amargura, o pior de tudo seria ainda não ter encontrado o consolo da morte. Como em outros sonetos, Camões parece estar confessando a indignação com a própria vida, marcada como se sabe por muitos desgostos.

---

1. *Fortuna* e *Fados*: destino.
2. *Asinha*: depressa, repentinamente.
3. *Descansais com meus cuidados*: o poeta reclama que o destino diverte-se com as suas inquietações.
4. *Mos levastes*: levastes os bens do passado.
5. *Deixando em seu lugar males dobrados*: substituindo os bens por quantidade ainda maior de sofrimentos.
6. *Que fico duvidoso se vos vi*: que fico em dúvida se não foi uma simples ilusão.

[51]

Correm turvas as águas deste rio,
que as do céu e as do monte as enturbaram[1];
os campos florescidos se secaram,
intratável se fez o vale, e frio.

5 Passou o verão, passou o ardente estio,
ũas cousas por outras se trocaram;
os fementidos Fados[2] já deixaram
do mundo o regimento, ou desvario.

Tem o tempo sua ordem já sabida.
10 O mundo, não; mas anda tão confuso
que parece que dele Deus se esquece.

Casos, opiniões, natura e uso[3]
fazem que nos pareça desta vida
que não há nela mais que o que parece.

A dualidade é o motivo central do texto: a previsibilidade da passagem do tempo × o mundo em desconcerto. O fato de o poeta verificar o contraste entre o ritmo seguro, certo, das transformações que se operam na Natureza e a instabilidade do destino humano lhe causa a sensação de ser vítima de um mundo turbulento, caótico. Essa constatação determina um profundo sentimento de desproteção e abandono, posto que o poeta não pode sequer contar com uma proteção divina, pois *"que parece que dele [o mundo] Deus se esquece"*

---

1. *Enturbaram*: turvaram, escureceram.
2. *Fementidos Fados*: destinos traiçoeiros, falsos.
3. *Natura e uso*: natureza e costume.

[52]

Verdade, Amor, Razão, Merecimento
qualquer alma farão segura e forte;
porém, Fortuna[1], Caso[2], Tempo e Sorte
têm do confuso mundo o regimento[3].

5 Efeitos mil revolve o pensamento
e não sabe a que causa se reporte;
mas sabe que o que é mais que vida e morte,
que não o alcança humano entendimento.

Doutos varões darão razões subidas[4];
10 mas são experiências mais provadas,
e por isto é melhor ter muito visto[5].

Cousas há i que passam[6] sem ser cridas
e cousas cridas há sem ser passadas...
Mas o melhor de tudo é crer em Cristo.

Frente à desordem do mundo, regido por forças imprevisíveis, não há solução a não ser a fé cristã. A crença religiosa seria o único reconforto para o ser humano, cuja sabedoria não ultrapassa os limites entre a vida e a morte.

---

1. *Fortuna*: destino.
2. *Caso*: acaso.
3. *Têm do confuso mundo o regimento*: governam o mundo.
4. *Doutos varões darão razões subidas*: sábios apresentarão explicações.
5. Defende-se a ideia de que as experiências, o que é comprovável, valem mais que as especulações dos sábios.
6. *Passam*: acontecem.

[53]

"Não passes, caminhante!" "Quem me chama?"
"Uma memória nova e nunca ouvida
dum, que trocou finita e humana vida[1],
por divina, infinita e clara fama."

5 "Quem é que tão gentil louvor derrama?"
"Quem derramar seu sangue não duvida
por seguir a bandeira esclarecida
de um capitão de Cristo, que mais ama."

"Ditoso[2] fim, ditoso sacrifício,
10 que a Deus se fez e ao mundo juntamente;
apregoando direi tão alta sorte."

"Mais poderás contar a toda a gente:
que sempre deu sua vida claro indício
de vir a merecer tão santa morte."

Em forma de diálogo, o poema reafirma os valores cristãos ao homenagear um cavaleiro morto em uma cruzada: um *"que trocou finita e humana vida / por divina, infinita e clara fama"*. Exalta-se assim aquele que morre lutando pela expansão da fé católica (*"por seguir a bandeira esclarecida / de um capitão de Cristo"*), servindo a um só tempo a Deus e aos seres humanos. No contexto idealizador do Cristianismo, o sacrifício em função da "guerra santa" contra os mouros é fruto de grande bravura e motivo de alta honra.

---

1. *Finita [...] vida*: a vida terrena é limitada, em oposição à vida eterna da alma que ganha o Paraíso.
2. *Ditoso*: abençoado.

[54]

Desce do Céu imenso, Deus benino[1],
para encarnar na Virgem soberana[2].
"Por que desce divino em cousa humana?"
"Para subir o humano a ser Divino."

5 "Pois como vem tão pobre e tão menino,
rendendo-se ao poder da mão tirana?[3]"
"Porque vem receber morte inumana
para pagar de Adão o desatino[4]."

"Pois como? Adão e Eva o fruto comem
10 que por seu próprio Deus lhe foi vedado?"
"Se, por que o próprio ser de deuses tomem[5]."

"E por essa razão foi humanado?"
"Si. Porque foi com causa decretado[6],
se o homem quis ser deus, que Deus seja homem."

O mistério da encarnação de Deus na figura de Cristo é o tema do poema. Os diálogos buscam esclarecer por que Deus teria enviado seu filho à Terra. A resposta está no fato de Cristo ter vindo para reparar o pecado cometido por Adão e Eva. O raciocínio exposto explica que os dois habitantes do Paraíso tentaram, ao comer o fruto proibido, igualar-se a Deus e que este erro só poderia ser corrigido se Deus se transformasse em ser humano. Mesmo que não seja convincente do ponto de vista argumentativo, o soneto reafirma os dogmas cristãos (a trindade divina, a virgindade de Maria, a encarnação de Deus), detalhe importante, pois o poema pertence à última fase da lírica de Camões, período em que o poeta aborda frequentemente temas da religiosidade católica.

---

1. *Benino*: forma arcaica de benigno.
2. *Para encarnar na Virgem soberana*: nascer da Virgem Maria.
3. *Poder da mão tirana*: tirania dos homens.
4. *De Adão o desatino*: o ato de Adão comer do fruto proibido; pecado original.
5. *Se, por que o próprio ser de deuses tomem*: para se transformarem em deuses.
6. *Porque foi com causa decretado*: porque assim foi determinado.

[55]

Os reinos e os impérios poderosos,
que em grandeza no mundo mais cresceram,
ou por valor de esforço floresceram
ou por varões nas letras espantosos[1].

5 Teve Grécia Temístocles[2] famosos;
os Cipiões[3] a Roma engrandeceram;
doze pares[4] a França glória deram;
Cides[5] a Espanha, e Laras[6] belicosos.

Ao nosso Portugal (que agora vemos
10 tão diferentes de seu ser primeiro),
os vossos deram honra e liberdade.

E em vós, grão sucessor e novo herdeiro
do bragançao estado, há mil extremos[7]
iguais ao sangue, e mores que a idade[8].

O poema é encomiástico, ou seja, tece elogios a uma personalidade de destaque. Neste caso, os louvores dirigem-se a D. Teodósio de Bragança que, com apenas 10 anos de idade, acompanhou D. Sebastião à batalha de Alcácer Quibir e tornou-se um herói nacional. O soneto estabelece paralelo entre a grandeza de D. Teodósio e aquela de grandes conquistadores da Grécia, de Roma e da Espanha.

---

1. *Ou por valor de esforço floresceram / ou por varões nas letras espantosos*: a grandeza dos impérios vem ou do esforço (da guerra, por exemplo) ou da produção de seus artistas.
2. *Temístocles*: general ateniense, comandou a armada grega na batalha de Salamina e impediu a invasão persa.
3. *Cipião*: Cipião Africano e Cipião Emiliano, entre outros. Conquistadores e comandantes de exército romano, no período republicano.
4. *Doze pares*: nobres que acompanhavam Carlos Magno em suas conquistas.
5. *Cides*: El Cid, cavaleiro espanhol.
6. *Laras*: personagens da história espanhola, cuja morte está relacionada a batalhas.
7. *Extremos*: valores, grandeza.
8. *E mores que a idade*: maiores que a própria idade; Camões destaca a bravura precoce de D. Teodósio, transformado em guerreiro ainda menino.

[56]

Vencido está de Amor meu pensamento,
o mais que pode ser vencida a vida,
sujeita, a vos servir e instituída,
oferecendo tudo a vosso intento.

5 Contente deste bem, louva o momento
ou hora em que se viu tão bem perdida;
mil vezes desejando a tal ferida,
outra vez renovar seu perdimento.

Com esta pretensão está segura
10 a causa que me guia nesta empresa,
tão sobrenatural, honrosa e alta.

Jurando não seguir outra ventura[1],
votando[2] só por vós rara firmeza,
ou ser no vosso amor achado em falta.

Em mais um soneto, Camões trata do juramento de amor fiel à amada. Essa condição de subjugação às forças amorosas é ressaltada pelo acróstico[3] formado pelas letras iniciais de cada verso da primeira estrofe: *voso* (vosso) como cativo. A destinatária desse amor servil é uma senhora distante e idealizada.

---

1. *Ventura*: destino, sorte.
2. *Votando*: dedicando.
3. *Acróstico*: poesia em que as primeiras letras (às vezes, as do meio ou do fim) de cada verso formam, em sentido vertical, um ou mais nomes ou um conceito.

[57]

Está o lascivo¹ e doce passarinho
com o biquinho as penas ordenando,
o verso sem medida², alegre e brando,
espedindo³ no rústico raminho.

5 O cruel caçador (que do caminho
se vem caldado e manso, desviando),
na pronta vista a seta endireitando,
lhe dá no Estígio Lago⁴ eterno ninho.

Destarte⁵ o coração, que livre andava
10 (posto que já de longe destinado),
onde menos temia, foi ferido.

Por que o Frecheiro cego⁶ esperava,
para que me tomasse descuidado,
em vossos claros olhos escondido.

O soneto apresenta em síntese a ideia de que o eu poético, sem esperar, é alvo de Cupido, isto é, apaixona-se. Para desenvolver esse pensamento, o poeta se compara a um passarinho que alisa as penas com o bico e lança o canto alegre e brando. Distraído, o passarinho é abatido por uma flecha de um caçador que, calado e manso, se aproxima. Situação análoga é a do poeta que, quando olhava a amada, foi atingido pelo Amor.

---

1. *Lascivo*: alegre.
2. *O verso sem medida*: canto espontâneo.
3. *Espedindo*: lançando.
4. *Estígio Lago*: a morte.
5. *Destarte*: dessa maneira.
6. *Frecheiro cego*: Cupido, deus do Amor.

[58]

Pede-me o desejo, Dama, que vos veja[1];
não entendo o que pede, está enganado.
É este amor tão fino e tão delgado[2]
que, quem o tem, não sabe o que deseja.

5   Não há cousa, a qual natural seja,
que não queira perpétuo seu estado;
não quer logo o desejo o desejado[3],
por que não falte nunca onde sobeja[4,5].

Mas este puro afeito em mim se dana[6];
10   que, como a grave pedra tem por arte
o centro[7] desejar da Natureza,

assim o pensamento (pela parte
que vai tomar de mim, terrestre, humana)
foi, Senhora, pedir esta baixeza.

Nos versos, o poeta declara que deseja sensualmente a amada, no entanto, ele se dá conta de que esse amor carnal não deveria ser concretizado, porque dessa maneira se extinguiria. Essa oposição cria uma tensão no poeta, porque, ao mesmo tempo que ele se reconhece humano e terrestre, por isso é atraído pelos encantos da amada, aspira perpetuar o desejo.

---

1. *Que vos veja*: o poeta confessa sentir desejos carnais pela amada.
2. *Delgado*: delicado, no sentido espiritual.
3. *Não quer logo o desejo o desejado*: o desejo não quer a coisa desejada.
4. *Sobeja*: excede, em demasia.
5. *Por que não falte nunca onde sobeja*: equivale à ideia de que não falte o desejo na alma do amador.
6. *Puro afeito em mim se dana*: afeto se corrompe.
7. *Que, como a grave pedra tem por arte o centro*: assim como uma pedra lançada é atraída para o centro de gravidade.

[59]

Como quando do mar tempestuoso
o marinheiro, lasso e trabalhado[1],
de um naufrágio cruel já salvo a nado,
só ouvir falar nele o faz medroso,

5   e jura que, em que veja bonançoso[2]
o violento mar sossegado,
não entra nele mais, mas vai, forçado
pelo muito interesse cobiçoso;

assim, Senhor, eu, que da tormenta
10   de vossa vista fujo, por salvar-me,
jurando de não mais em outra ver-me:

minh'alma, que de vós nunca se ausenta,
dá-me por preço ver-vos[3], faz tornar-me
donde fugi tão perto de perder-me.

Assim como um náufrago que tivesse sido salvo de uma tempestade sente medo do mar e por isso não tem coragem de embarcar novamente, o poeta tenta não ver a sua amada que lhe provoca perturbação, sofrimento. No entanto, essa tentativa de afastar-se da mulher é frustrada, porque o poeta a tem em sua alma constantemente.

---

1. *Lasso e trabalhado*: fatigado, cansado.
2. *Em que veja bonançoso*: ainda que veja calmaria.
3. *Dar-me por preço ver-vos*: dar-me por prêmio ver-vos.

[60]

De vós me aparto, ó vida! Em tal mudança,
sinto o vivo da morte o sentimento.
Não sei para que é ter consentimento,
se mais há-de perder quem mais alcança.

5 Mas dou-vos esta firme segurança
que, posto que me mate o meu tormento,
pelas águas do eterno esquecimento[1]
segura passará minha lembrança.

Antes sem vós meus olhos se entristeçam
10 que, com qualquer cous'outra[2], se contentem;
antes os esqueçais, que vos esqueçam[3].

Antes nessa lembrança se atormentem
que, com esquecimento, desmereçam
a glória que em sofrer tal pena sentem.

A ideia de que o amor é força perturbadora está novamente presente neste soneto. Nele, afirma-se que a lembrança da amada é fonte de sofrimento, no entanto, o poeta tem certeza de que é preferível a recordação do que esquecer-se da amada.

---

1. *As águas do eterno esquecimento:* trata-se de uma referência ao rio mitológico Letes, isto é, a morte.
2. *Qualquer cous'outra:* qualquer outra coisa.
3. *Antes os esqueças, que vos esqueçam / Antes sem vós meus olhos entristeçam:* o tormento advindo da lembrança da amada é melhor do que o esquecimento.

[61]

Na ribeira de Eufrates[1] assentado,
discorrendo me achei pela memória[2]
aquele breve bem, aquela glória,
que em ti, doce Sião[3], tinha passado.

5   Da causa de meus males perguntado
me foi: "Como não cantas a história
de teu passado bem e da vitória,
que sempre de teu mal hás alcançado?

Não sabes que a quem canta se lhe esquece
10   o mal, inda que grave e rigoroso?
Canta, pois, e não chores dessa sorte."

Respondi com suspiros: "Quando cresce
a muita saudade, o piedoso
remédio é não cantar senão a morte."

Encontrando-se triste e distante da sua pátria, o poeta recorda-se do passado, um tempo feliz. Alguém lhe propõe que ele cante as alegrias de outrora, já que cantar ameniza a dor ("quem canta se lhe esquece o mal"). Entretanto, o poeta responde que, como a saudade é intensa, a única alternativa é cantar a morte.

---

1. *Ribeira de Eufrates:* margem do rio Eufrates, na Babilônia.
2. *Me achei pela memória:* achei-me a recordar, lembrar.
3. *Sião:* é uma das colinas de Jerusalém. A referência a Sião relaciona-se metaforicamente à pátria da qual os judeus foram exilados durante o cativeiro da Babilônia. Nos versos, esses lugares indicam conotativamente o mal presente e o bem passado.

Redondilhas

❧ Descalça vai pera a fonte ❧

A redondilha desenvolve a cena proposta pelo mote: a figura de uma mulher bela que caminha pelos campos em direção a uma fonte. O poeta descreve com pormenores a linda Lianor – de plasticidade encantadora e perfeita – por meio de traços finos, precisos e coloridos que desenham graciosamente a delicada camponesa. Tem a mocinha *"cabelos d'ouro o trançado, / fita de cor d'encarnado"*; *"mãos de prata"* e sugere discreta sensualidade – *"Descobre a touca a garganta"*.

Mote[1]

*Descalça vai pera a fonte
Lianor, pela verdura;
vai fermosa e não segura.*

Volta[2]

Leva na cabeça o pote,
5   o testo[3] nas mãos de prata,
cinta de fina escarlata,
sainho de chamalote[4];
traz a vasquinha de cote[5],
mais branca que a neve pura;
10 vai fermosa e não segura.

Descobre a touca a garganta,
cabelos d'ouro o trançado,
fita de cor d'encarnado...
Tão linda que o mundo espanta!
15 Chove nela graça tanta
que dá graça à fermosura;
vai fermosa, e não segura.

---

1. *Mote*: versos que servem de tema ou assunto para o desenvolvimento do poema.
2. *Volta*: é o mesmo que "glosa", isto é, a composição poética que desenvolve o mote.
3. *Testo*: tampa para vasilhas.
4. *Sainho de chamalote*: espécie de casaco de lã trançada com seda que cobre até a altura dos joelhos.
5. *Vasquinha de cote*: saia com muitas pregas usada cotidianamente.

✿ Na fonte está Lianor ✿

A mesma Lianor, descrita na redondilha anterior, é agora flagrada em um momento de sofrimento. Em um cenário campesino, apresenta-se com realismo a amargura da moça que insistentemente pede às amigas notícias do amado. A simplicidade da queixa amorosa é associada à singeleza de gestos de Lianor, que ora chora (*"os olhos no chão pregados, / que, do chorar já cansados"*) ora contém as lágrimas (*"Não deita dos olhos água"*) ora é tomada de choro confortador depois de ter notícias do amado (*"Que depois de seu amor / soube novas perguntando, / d'emproviso a vi chorando"*).

O tema do drama amoroso feminino, presente nesta composição, lembra as cantigas de amigo da época provençal. Camões restaura assim os traços recorrentes dos cancioneiros populares medievais: as confidências e apreensões de mocinhas camponesas apaixonadas.

Cantigas Alheias

Na fonte está Lianor
lavando a talha e chorando,
às amigas perguntando:
"Vistes lá o meu amor?"

Voltas do Camões

5 Posto o pensamento nele,
porque a tudo o Amor a obriga,
cantava; mas a cantiga
eram suspiros por ele.
Nisto estava Lianor
10 o seu desejo enganando,
às amigas perguntando:
Vistes lá o meu amor?

O rosto sobre ũa mão,
os olhos no chão pregados,
15 que, do chorar já cansados,
algum descanso lhe dão.
Desta sorte Lianor
suspende de quando em quando
sua dor; e, em si tornando,
20 mais pesada sente a dor.

Não deita dos olhos água,
que não quer que a dor se abrande
Amor; porque, em mágoa grande,
seca as lágrimas a mágoa.

25   Que depois de seu amor
soube novas perguntando,
d'emproviso a vi chorando.
Olhai que extremos de dor!

Os bons vi sempre passar

Os versos de sete sílabas, a regularidade do ritmo e as rimas são responsáveis por uma musicalidade simples, que traduz o queixume de um "eu" que se julga perseguido pela má sorte. Ao colocar em evidência o contraste entre o Bem e o Mal, o poeta lastima-se não somente por verificar o triunfo constante dos maus, mas especialmente está desesperançado com o próprio destino cruel, porque esforçando-se por ser mau nem assim alcançou descanso dos sofrimentos. Esta redondilha retoma um tema constante na poesia camoniana: o desconcerto do mundo.

Os bons vi sempre passar
no mundo graves tormentos;
e, para mais m'espantar,
os maus vi sempre nadar
5 em mar de contentamentos.
Cuidando alcançar assim
o bem tão mal ordenado,
fui mau; mas fui castigado.
Assim que só para mim
10 anda o mundo concertado.

Sobre os rios que vão

Neste longo poema, Camões se serve de um motivo bíblico para, numa generalização de amplitude filosófica, lamentar os infortúnios da vida presente em contraste com as lembranças dos momentos de felicidade. O poeta baseia-se no Salmo 137, que aborda o episódio do cativeiro na Babilônia vivido pelos israelitas. Nesse Salmo, retrata-se a voz dos próprios israelitas, que choravam pela destruição de Jerusalém pelos edomitas. Instigados a cantar seus hinos religiosos, os exilados negavam-se a entoar seus cânticos, alegando: "Mas, em terra estrangeira, como podemos cantar um hino ao Deus eterno?"

Inicialmente, o eu lírico imagina-se, como os próprios israelitas, à beira dos rios da Babilônia e chora, como um cativo, saudades de outros tempos. Desperto desse devaneio, o poeta define sua queixa: a passagem do tempo, que desfaz as esperanças e substitui o bem, sempre efêmero, pelo mal, que perdura. Sentindo-se assim frustrado, fustigado por mágoas, já não vale a pena cantar, uma vez que a poesia não é suficiente para conter o fluxo destruidor do tempo e não aplaca a dor da existência terrena. Aos poucos, a saudade de momentos passados vai se definindo como as lembranças adormecidas do mundo das ideias perfeitas, nos moldes propostos por Platão. O sofrimento do eu lírico deriva do plano carnal, identificado com o mundo das ilusões que se contrapõe ao plano ideal, "pátria divina". Ao final do poema, aspira-se a um descanso eterno, distante dos enganosos prazeres mundanos.

Sobre os rios[1] que vão
por Babilônia[2] m'achei
onde sentado chorei
as lembranças de Sião[3]
5   e quanto nela passei.
Ali o rio corrente
de meus olhos foi manado[4],
e tudo bem comparado:
Babilônia ao mal presente,
10 Sião ao tempo passado.

Ali, lembranças contentes
n'alma se representaram,
e minhas cousas ausentes
se fizeram tão presentes
15 como se nunca passaram.
Ali, depois de acordado,
co rosto banhado em água,
deste sonho imaginado,
vi que todo o bem passado
20 não é gosto, mas é mágoa.

E vi que todos os danos
se causavam das mudanças,
e as mudanças dos anos;
onde vi quantos enganos
25 faz o tempo às esperanças.

---

1. *Sobre os rios*: ao pé dos rios.
2. *Babilônia*: local do cativeiro dos israelitas, quando forçados a deixar Jerusalém.
3. *Sião*: a cidade de Jerusalém, onde se encontrava o grande templo dos israelitas.
4. *Manado*: manar, verter, irromper.

Ali vi o maior bem
quão pouco espaço que dura,
o mal quão depressa vem,
e quão triste estado tem
30   quem se fia da ventura[5].

Vi aquilo que mais val[6]
que então se entende melhor
quando mais perdido for;
vi o bem suceder mal,
35   e o mal muito pior.
E vi com muito trabalho
comprar arrependimento;
vi nenhum contentamento;
e vejo-me a mim, qu'espalho
40   tristes palavras ao vento.

Bem são rios estas águas
com que banho este papel;
bem parece ser cruel
variedade de mágoas
45   e confusão de Babel[7].
Como homem que, por exemplo,
dos transes em que se achou,
depois que a guerra deixou,
pelas paredes do templo
50   suas armas pendurou,

---

5. *Ventura*: quem confia na boa sorte.
6. *Val*: vale.
7. *Babel*: referência ao episódio da Torre de Babel (Babilônia), construída pelos homens com intuito de alcançarem o céu. Deus, irado, fez com que cada homem falasse uma língua diferente, para criar confusão entre eles, impedindo que realizassem o projeto.

assi, despois que assentei
que tudo o tempo gastava,
da tristeza que tomei,
nos salgueiros pendurei
55 os órgãos[8] com que cantava.
Aquele instrumento ledo
deixei da vida passada,
dizendo: – Música amada,
deixo-vos neste arvoredo
60 à memória consagrada.

Frauta[9] minha que, tangendo,
os montes fazíeis vir
para onde estáveis, correndo;
e as águas, que iam descendo,
65 tornavam logo a subir.
Jamais vos não ouvirão
os tigres, que se amansavam;
e as ovelhas, que pastavam,
das ervas se fartarão
70 que, por vos ouvir, deixavam.

Já não fareis docemente
em rosas tornar abrolhos
na ribeira florescente;
nem poreis freio à corrente,
75 e mais, se for dos meus olhos.
Não movereis a espessura,
nem podereis já trazer
atrás vós a fonte pura,

---

8. *Órgãos*: instrumentos.
9. *Frauta*: flauta.

   pois não pudestes mover
80 desconcertos da ventura.

   Ficareis oferecida
   à Fama, que sempre vela,
   frauta de mim tão querida;
   porque, mudando-se a vida,
85 se mudam os gostos dela.
   Acha a tenra mocidade
   prazeres acomodados,
   e logo a maior idade
   já sente por pouquedade[10]
90 aqueles gostos passados.

   Um gosto que hoje se alcança
   amanhã já o não vejo;
   assi nos traz a mudança
   de esperança em esperança,
95 e de desejo em desejo.
   Mas em vida tão escassa
   que esperança será forte?
   Fraqueza da humana sorte
   que quanto da vida passa
100 está receitando a morte!

   Mas deixar nesta espessura
   o canto da mocidade...
   Não cuide a gente futura
   que será obra da idade
105 o que é força da ventura.
   Que idade, tempo, o espanto

---

10. *Pouquedade*: de pouca valia.

de ver quão ligeiro passe,
nunca em mim puderam tanto
que, posto que deixe o canto,
110 a causa dele deixasse.

Mas, em tristezas e nojos[11]
em gosto e contentamento,
por sol, por neve, por vento,
terné presente á los ojos
115 *por quien muero tan contento*[12].
Órgãos e frauta deixava,
despojo meu tão querido,
no salgueiro que ali estava;
que para troféu ficava
120 de quem me tinha vencido.

Mas lembranças da afeição,
que ali cativo me tinha,
me perguntaram então
que era da música minha
125 qu'eu cantava em Sião.
Que foi daquele cantar
das gentes tão celebrado?
Por que o deixava de usar,
pois sempre ajuda a passar
130 qualquer trabalho passado?

Canta o caminhante ledo
no caminho trabalhoso,

---

11. *Nojo*: significa mágoa.
12. Trata-se de adaptação de dois versos do poeta espanhol quinhentista Juan Boscan, cujo sentido literal é: "Terei presente aos meus olhos aquela por quem morro tão contente".

       por antr'o espesso arvoredo;
       e de noite o temeroso,
135 cantando, refreia o medo.
       Canta o preso docemente
       os duros grilhões tocando;
       canta o segador[13] contente;
       e o trabalhador, cantando,
140 o trabalho menos sente.

       Eu, qu'estas cousas senti
       n'alma, de mágoas tão cheia,
       "Como dirá, respondi,
       quem tão alheio está de si
145 doce canto em terra alheia?"
       Como poderá cantar
       quem em choro banh'o peito?
       Porque, se quem trabalhar
       canta por menos cansar,
150 eu só descansos enjeito[14].

       Que não parece razão
       nem seria cousa idônea,
       por abrandar a paixão,
       que cantasse em Babilônia
155 as cantigas de Sião[15].
       Que, quando a muita graveza
       de saudade quebrante[16]
       esta vital fortaleza,

---

13. *Segador*: ceifeiro, trabalhador rural.
14. *Enjeito*: recuso.
15. *As cantigas de Sião*: referência aos cantos religiosos dos israelitas que não deveriam ser entoados no cativeiro da Babilônia.
16. *Quebrante*: quebre, arrase.

       antes moura[17] de tristeza
160 que, por abrandá-la, cante.

   Que, se o fino pensamento
   só na tristeza consiste,
   não tenho medo ao tormento:
   que morrer de puro triste,
165 que maior contentamento?
   Nem na frauta[18] cantarei
   o que passo e passei já,
   nem menos o escreverei;
   porque a pena cansará,
170 e eu não descansarei.

   Que, se vida tão pequena
   se acrescenta em terra estranha
   e se amor assim o ordena,
   razão é que canse a pena
175 de escrever pena tamanha.
   Porém se, para assentar
   o que sente o coração,
   a pena já me cansar,
   não canse para voar
180 a memória em Sião.

   Terra bem-aventurada,
   se, por algum movimento,
   d'alma me fores mudada,
   minha pena seja dada
185 a perpétuo esquecimento.

---

17. *Moura*: morra.
18. *Frauta*: flauta.

A pena deste desterro,
que eu mais desejo esculpida
em pedra ou em duro ferro,
essa nunca seja ouvida,
190 em castigo de meu erro.

E se eu cantar quiser
em Babilônia sujeito,
Hierusalém[19], sem te ver,
a voz, quando a mover,
195 se me congele no peito.
A minha língua se apegue
às fauces[20], pois te perdi,
se, enquanto viver assi,
houver tempo em que te negue
200 ou que me esqueça de ti.

Mas ó tu, terra de Glória,
se eu nunca vi tua essência,
como me lembras na ausência?
Não me lembras na memória,
205 senão na reminiscência[21].
Que a alma é tábua rasa
que, com a escrita doutrina
celeste, tanto imagina
que voa da própria casa,
210 e sobe à pátria divina.

---

19. *Hierusalém*: Jerusalém.
20. *Fauces*: garganta, goela.
21. *Reminiscência*: referência à teoria da reminiscência de Platão, segundo a qual o ser humano, através da poesia e da filosofia, recuperaria os conhecimentos do mundo das ideias perfeitas.

Não é logo a saudade
das terras onde nasceu
a carne, mas é do Céu,
daquela santa cidade,
215 donde esta alma descendeu.
E aquela humana figura,
que cá me pôde alterar,
não é quem s'há-de buscar:
é raio da fermosura
220 que só se deve de amar.

Que os olhos e a luz que ateia
o fogo que cá sujeita,
não do sol, mas da candeia,
é sombra daquela Ideia
225 qu'em Deus está mais perfeita.
E os que cá me cativaram
são poderosos efeitos
que os corações têm sujeitos:
sofistas[22], que me ensinaram
230 maus caminhos por direitos.

Destes o mando tirano
me obriga, com desatino,
a cantar ao som do dano
cantares de amor profano
235 por versos de amor divino.
Mas eu, lustrado co santo[23]
raio, na terra de dor,

---

22. *Sofistas*: filósofos que empregam argumentos aparentemente válidos, mas enganosos do ponto de vista lógico.

23. *Lustrado co santo raio*: purificado.

de confusão e d'espanto,
como hei-de cantar o canto
240 que só se deve ao Senhor?

Tanto pode o benefício
da Graça que dá saúde,
que ordena que a vida mude;
e o que tomei por vício
245 me fez grau para a virtude.
E faz este natural
amor, que tanto se preza,
suba da sombra real,
da particular beleza
250 para a Beleza geral.

Fique logo pendurada
a frauta com que tangi,
ó Hierusalém sagrada,
e tome a lira dourada
255 para só cantar de ti!
Não cativo e ferrolhado
na Babilônia infernal;
mas dos vícios desatado,
e cá desta a ti levado,
260 Pátria minha natural.

E se eu mais der a cerviz[24]
a mundanos acidentes,
duros, tiranos e urgentes,
risque-se quanto já fiz

---

24. *Der a cerviz*: submeter-se.

265   do grão livro dos viventes.
E tomando já na mão
a lira santa e capaz
doutra mais alta invenção,
cale-se esta confusão,
270   cante-se a visão da paz.

Ouça-me o pastor e o rei,
retumbe este acento santo,
mova-se no mundo espanto,
que do que já mal cantei
275   a palinódia[25] já canto.
A vós só me quero ir,
Senhor e grão Capitão
da alta torre de Sião,
à qual não posso subir
280   se me vós não dais a mão.

No grão dia singular
que na lira o douto som
Hierusalém celebrar,
lembrai-vos de castigar
285   os ruins filhos de Edom[26].
Aqueles, que tintos vão
no pobre sangue inocente,
soberbos co poder vão;
arrasai-os igualmente,
290   conheçam que humanos são.

---

25. *Palinódia*: poema que desmente o que foi dito em outro.
26. *Edomitas*: tribo semítica, estabelecida ao sudoeste do Mar Morto. Descendentes de Esaú, combateram os israelitas, descendentes de Jacó e só foram vencidos pelo rei David de Israel.

E aquele poder tão duro
dos efeitos com que venho,
que encendem[27] alma e engenho,
que já me entraram o muro
295 do livre alvídrio[28] que tenho;
estes, que tão furiosos
gritando vêm a escalar-me,
maus espíritos danosos,
que querem como forçosos
300 do alicerce derrubar-me;

derrubai-os, fiquem sós,
de forças fracos, imbeles[29],
porque não podemos nós
nem com eles ir a Vós,
305 nem sem Vós tirar-nos deles.
Não basta minha fraqueza
para me dar defensão[30],
se vós, santo Capitão,
nesta minha fortaleza
310 não puserdes guarnição.

E tu, ó carne que encantas,
filha de Babel tão feia,
toda de misérias cheia,
que mil vezes te levantas
315 contra quem te senhoreia!
Beato só pode ser

---

27. *Encendem*: inflamam, entusiasmam.
28. *Que já me entraram o muro / do livre alvídrio que tenho*: que já desrespeitaram a minha livre escolha.
29. *Imbeles*: que não são belicosos, guerreiros.
30. *Defensão*: defesa, proteção.

quem com a ajuda celeste
contra ti prevalecer,
e te vier a fazer
320 o mal que lhe tu fizeste;

quem com disciplina crua
se fere mais que uma vez,
cuja alma, de vícios nua,
faz nódoas na carne sua,
325 que já a carne n'alma fez;
e beato quem tomar
seus pensamentos recentes
e, em nascendo, os afogar,
por não virem a parar
330 em vícios graves e urgentes;

quem com eles logo der
na pedra do furor santo
e, batendo, os desfizer
na Pedra, que veio a ser
335 enfim cabeça do Canto;
quem logo, quando imagina
nos vícios da carne má,
os pensamentos declina
àquela Carne divina
340 que na Cruz esteve já[31];

quem do vil contentamento
cá deste mundo visível,
quanto ao homem for possível,
passar logo o entendimento

---

31. *Que na Cruz esteve já*: referência a Jesus Cristo.

345 para o mundo inteligível,
ali achará alegria
em tudo perfeita e cheia
de tão suave harmonia
que nem, por pouca, recreia,
350 nem, por sobeja[32], enfastia.

Ali verá tão profundo
mistério na suma alteza
que, vencida a natureza,
os mores faustos[33] do mundo
355 julgue por maior baixeza.
ó tu, divino aposento,
minha pátria singular!
Se só com te imaginar
tanto sobe o entendimento,
360 que fará se em ti se achar?

Ditoso[34] quem se partir
para ti, terra excelente,
tão justo e tão penitente
que, despois de a ti subir,
365 lá descanse eternamente.

---

32. *Sobeja*: demasiada.
33. *Mores faustos*: maiores prazeres.
34. *Ditoso*: bem-aventurado.

Canção

Canção VI

Um discurso fluente e emocionado expõe o sentimento profundo de solidão e desamparo do eu lírico, provocado pela ausência da amada. O poeta contempla o movimento sereno das águas do rio e lhe ocorrem as lembranças da bela mulher e do tempo em que vivia esperançoso pela realização amorosa. Com a separação definitiva dos amantes, intensifica-se o sofrimento do poeta que, num tom melancólico, afirma a função da própria canção: servir de testemunho, juntamente com a paisagem, do pranto doloroso do amante amargurado.

Canção VI

Vão as serenas águas
do Mondego descendo
mansamente que até o mar não param;
por onde minhas mágoas
5   pouco a pouco crescendo,
para nunca acabar se começaram.
Ali se ajuntaram
neste lugar ameno,
aonde agora mouro[1],
10 testa de neve e ouro,
riso brando, suave, olhar sereno,
um gesto[2] delicado,
que sempre n'alma me estará pintado.

Nesta florida terra,
15 leda[3], fresca e serena,
ledo e contente para mim vivia,
em paz com minha guerra[4],
contente com a pena
que de tão belos olhos procedia.
20 Um dia noutro dia
o esperar me enganava[5];
longo tempo passei

---

1. *Mouro*: morro.
2. *Gesto*: rosto.
3. *Leda*: alegre.
4. Os três primeiros versos apresentam uma atmosfera de tranquilidade, tipicamente clássica, que, em parte, contrasta com a inquietação que a beleza da amada provoca no eu lírico ("guerra", "pena").
5. *Enganava*: distraía.

com a vida folguei[6],
  só porque em bem tamanho me empregava.
25 Mas que me presta já,
  que tão fermosos olhos não os há?[7]

  Oh, quem me ali dissera
  que de amor tão profundo
  o fim pudesse ver inda alguma hora!
30 Oh, quem cuidar pudera
  que houvesse aí no mundo
  apartar-me eu de vós, minha Senhora,
  para que desde agora
  perdesse a esperança,
35 e o vão pensamento,
  desfeito em um momento,
  sem me poder ficar mais que a lembrança,
  que sempre estará firme
  até o derradeiro despedir-me.

40 Mas a mor alegria
  que daqui levar posso,
  com a qual defender-se triste espero,
  é que nunca sentia
  no tempo que fui vosso
45 quererdes-me vós quanto vos eu quero[8];

---

6. *Com a vida folguei*: levei uma vida feliz.

7. *Mas que me presta já, / Que tão fermosos olhos não os há?*: de que me adianta esse tempo de felicidade, uma vez que a amada está distante

8. "É que nunca sentia/ no tempo em que fui vosso/ quererdes-me vós quanto vos eu quero"[...] "que mais sentirei vosso sentimento/ que o que minha alma sente": nesse trecho, o poeta declara que o único alívio de sua dor é saber que, com a separação, o sofrimento da amada é menor, uma vez que ela jamais o amara tão intensamente.

porque o tormento fero[9]
de vosso apartamento[10]
não vos dará tal pena
como a que me condena;
50 que mais sentirei vosso sentimento
que o que minha alma sente.
Morra eu, Senhora; e vós ficai contente!

Canção, tu estarás
aqui acompanhando
55 estes campos e estas claras águas,
e por mim ficarás
chorando e suspirando,
e ao mundo mostrando tantas mágoas
que, de tão larga história,
60 minhas lágrimas fiquem por memória.

---

9. *Fero*: cruel.
10. *Apartamento*: distanciamento, separação.

Odes

❧ Nunca manhã suave ❧

A alegria provocada pelo amor estabelece, desde a primeira estrofe desta canção, uma atmosfera mais otimista que o costume na obra camoniana. A beleza dos olhos da amada parecem ter resgatado o poeta de um clima sombrio e infeliz, como se fosse ele um navio à beira de naufragar numa tempestade, repentinamente deflagrada pela luz do sol. O coração do poeta é pequeno para conter todo esse entusiasmo amoroso que, no entanto, não se mantém para sempre: o desprezo da amada, cujos olhos "não fazem caso" do poeta, é motivo de desespero: ele se abate, a exemplo das borboletas que se lançam à morte diante da chama das velas. Nesse ímpeto, o poeta quer se multiplicar em "mil almas" para tentar amplificar a dor que sente e ser, assim, notado pela amada. Mas como é apenas um único ser, clama que a mulher perceba o quanto sofre e não permita que por esse amor não correspondido o poeta se consuma.

Mais uma vez, o desencontro amoroso e a sujeição de um homem aos encantos quase divinos da mulher são os eixos temáticos do poema e reafirmam a visão camoniana de um mundo em desacerto, a despeito dos encantos que oferece. Trata-se da tensão entre a atração da vida terrena e os desígnios quase sempre punitivos do Destino que rege a vida humana.

Nunca manhã suave,
estendendo seus raios pelo mundo,
despois de noite grave,
tempestuosa, negra, em mar profundo,
5   alegrou tanta nau[1], que já no fundo,
se viu em mares grossos,
como a luz clara a mim dos olhos vossos.

Aquela fermosura
que só no virar deles resplandece,
10 com que a sombra escura
clara se faz, e o campo reverdece,
quando meu pensamento s'entristece,
ela e sua viveza
me desfazem a nuvem da tristeza.

15 O meu peito, onde estais,
e, para tanto bem, pequeno vaso;
quando acaso virais
os olhos, que de mim não fazem caso,
todo, gentil Senhora, então me abraso
20 na luz que me consome
bem como a borboleta faz no lume.

Se mil almas tivera
que a tão fermosos olhos entregara,
todas quantas tivera
25 polas[2] pestanas deles pendurara;
e, enlevadas na vista pura e clara,

---

1. *Nau*: barco
2. *Polas*: pelas.

– posto que disso indinas[3] –,
se andaram sempre vendo nas mininas[4].

E vós, que descuidada
30 agora vivereis de tais querelas[5],
de almas minhas cercada
não pudésseis tirar os olhos delas;
não pode ser que, vendo a vossa entre elas,
a dor que lhe mostrassem,
35 tantas ũa alma só não abrandassem.

Mas pois o peito ardente
ũa só pode ter, fermosa Dama,
basta que esta somente,
como se fossem duas mil, vos ama,
40 para que a dor de sua ardente flama
convosco tanto possa
que não queirais ver cinza ũa alma vossa.

---

3. *Indinas*: indignas.
4. *Mininas* (dos olhos): pupilas.
5. *Querelas*: polêmicas.

✺ Fogem as neves frias ✺

O poema traz como tema o permanente movimento de tudo que se refere ao universo terreno. Esse dinamismo se manifesta por meio dos ciclos eternos da Natureza – *"Assim se vai passando / a verde Primavera e seco Estio; / trás ele vem chegando / depois o Inverno frio, / que também passará por certo fio"* – e através da efemeridade a que está também condenada a vida humana – *"não sabe o tempo ter firmeza em nada; / e nossa vida escassa / foge tão apressada / que, quando se começa, é acabada"*.

A constatação dessa instabilidade faz com que o poeta reflita sobre a validade das lutas a que os homens insistentemente se entregam, chegando à conclusão de que tantos esforços para satisfação de desejos e ambições são inúteis, porque até mesmos os reis, guerreiros, heróis míticos são impotentes diante da brevidade da vida humana: *"Que foram dos Troianos / Hector temido, Eneias piadoso? / Consumiram-te os anos, / Ó Cresso tão famoso, / sem te valer teu ouro precioso"*.

É interessante notar que o tom triste e lamurioso presente no poema se intensifica nas três últimas estrofes, quando se afirma que não há força que subverta os desígnios do Destino, que a todos iguala com a morte – *"Porque, enfim, nada basta / contra o terrível fim da noite eterna"*.

Fogem as neves frias
dos altos montes, quando reverdecem
as árvores sombrias;
as verdes ervas crescem,
5   e o prado ameno de mil cores tecem.

Zéfiro[1] brando espira[2];
suas setas Amor afia agora;
Progne[3] triste suspira
e Filomela[4] chora;
10 o Céu da fresca terra se enamora.

Vai Vênus Citereia[5]
com os coros das Ninfas rodeada;
a linda Panopeia[6],
despida e delicada,
15 com as duas irmãs acompanhada.

Enquanto as oficinas
dos Cíclopes Vulcano[7] está queimando,
vão colhendo boninas[8]
as Ninfas e cantando,
20 a terra co ligeiro pé tocando.

---

1. *Zéfiro*: vento ameno e suave.
2. *Espira*: estala, solta.
3. *Progne*: mulher transformada por deuses em andorinha.
4. *Filomela*: mulher transformada por deuses em rouxinol.
5. *Vênus Citereia*: o mesmo que Vênus, deusa do Amor, mulher de Vulcano.
6. *Panopeia*: uma das inúmeras Nereidas, divindade marítima.
7. *Cíclope*: gigante que produz os raios de Vulcano, deus do fogo.
8. *Boninas*: margaridas.

Desce do duro monte
Diana[9], já cansada d'espessura[10],
buscando a clara fonte
onde, por sorte dura,
25 perdeu Actéon[11] a natural figura.

Assim se vai passando
a verde Primavera e seco Estio;
trás ele vem chegando
depois o Inverno frio,
30 que também passará por certo fio.

Ir-se-á embranquecendo
com a frígida neve o seco monte;
e Júpiter[12], chovendo,
turbará a clara fonte;
35 temerá o marinheiro a Orionte[13].

Porque, enfim, tudo passa;
não sabe o tempo ter firmeza em nada;
e nossa vida escassa
foge tão apressada
40 que, quando se começa, é acabada.

---

9. *Diana*: deusa da caça e da castidade.
10. *Espessura*: bosque.
11. *Actéon*: caçador que surpreendeu Diana nua e, por isso, foi transformado em veado pela deusa e, indefeso, devorado pelos próprios cães.
12. *Júpiter*: senhor do céu, da terra e das tempestades.
13. *Orionte*: o mesmo que Órion, constelação que produz tempestades marítimas; situa-se próxima ao Equador.

Que foram dos Troianos
Hector[14] temido, Eneias[15] piadoso?
Consumiram-te os anos,
Ó Cresso[16] tão famoso,
45 sem te valer teu ouro precioso.

Todo o contentamento
crias que estava no tesouro ufano?
Ó falso pensamento
que, à custa de teu dano,
50 do douto Sólon[17] creste o desengano!

O bem que aqui se alcança
não dura, por possante, nem por forte;
que a bem-aventurança
durável de outra sorte
55 se há-de alcançar, na vida, para a morte.

Porque, enfim, nada basta
contra o terrível fim da noite eterna[18];
nem pode a deusa casta
tornar à luz superna[19]
60 Hipólito[20], da escura noite averna[21].

---

14. *Hector*: Heitor, rei de Troia.
15. *Eneias*: herói de Troia, responsável pela fundação de Roma antiga, e personagem de *Eneida*, de Virgílio.
16. *Cresso*: rei da Líbia, famoso pelos seus tesouros.
17. *Sólon*: legislador ateniense.
18. *Noite eterna*: trata-se de um eufemismo para morte.
19. *Superna*: suprema, superior.
20. *Hipólito*: enteado de Fedra que foi morto por ter recusado os amores incestuosos com a madrasta.
21. *Averna*: infernal.

Nem Teseu[22] esforçado,
com manha nem com força rigorosa,
livrar pode o ousado
Pirítoo[23] da espantosa
65 prisão leteia[24], escura e tenebrosa.

---

22. *Teseu*: rei de Atenas que venceu o minotauro de Creta.
23. *Pirítoo*: amigo de Teseu. Morreu ao tentar raptar Proserpina, deusa dos infernos.
24. *Leteia*: prisão de pedra.

❧ Biografia ❧

As informações sobre a vida de Camões são bastante incertas e imprecisas. Na verdade, é o poeta motivo para diversas histórias que se constroem e se enrendam há séculos.

Nasceu provavelmente em Lisboa, em 1524 ou 1525, filho de Simão Vaz de Camões, um cavaleiro da Casa Real, e D. Ana de Sá. Quase tudo é mistério em relação à infância pobre do poeta, que, aos doze ou treze anos, passa a ser protegido e educado por um tio, sacerdote respeitável, que o encaminhou a Coimbra para estudar.

Afirma-se que Camões foi um estudante inquieto, indisciplinado, mas apaixonado por história geral, cosmografia, teorias filosóficas, e pela leitura dos clássicos – Cícero, Plutarco, Homero, Virgílio – além dos escritores modernos para a época, como Ariosto, Petrarca, Sannazzaro. Certamente o ambiente intelectual de Coimbra foi decisivo para a sólida e erudita formação de Camões.

Aos vinte e poucos anos, retorna o rapaz galante, de gênio audacioso, a Lisboa, antes mesmo de concluir qualquer curso na universidade. Como fidalgo, embora pobre, mantém relacionamentos amistosos com nobres e passa a frequentar alguns saraus da movimentada Corte de D. João III. A *Lírica* traz composições que comprovam amizades com gente da nobreza como também registra confidências amorosas a damas da realeza lusitana.

No entanto, nem tudo foi tranquilo na vida de Camões na capital portuguesa. O poeta não só transitava pelos palácios, mas frequentava também tavernas, envolvia-se com arruaceiros, metia-se em brigas, era um boêmio incorrigível. Há registros de casos amorosos tumultuados. Um deles é bastante famoso e quase lendário – o amor pela Infanta D. Maria I, irmã do rei D. João III, que, segundo alguns, irado com o atrevimento do poeta, teria-o mantido em prisão até sentir-se vingado. Alguns biógrafos apresentam outra versão: afirmam que o rei lhe impôs pena mais dramática – o degredo em África. Outros asseguram que a amada inacessível não era D. Maria, mas Catarina de Ataíde, celebrada em versos através do anagrama "Natércia" e que o poeta alistara-se (provavelmente em 1550) como soldado para combater os mouros numa espécie de auto-exílio, após a descoberta do amor proibido.

O certo é que Camões lutou dois anos em Ceuta, onde foi gravemente ferido, perdendo um dos olhos. Retorna a Lisboa, e durante uma procissão de Corpus Christi discute com Gonçalo Borges, empregado do Paço, e o fere com uma espada. Por este fato cumpre um ano de prisão, é mais tarde perdoado pela vítima e parte para a Índia, em 1553.

Sabe-se concretamente que, na viagem à Índia, Camões conheceu as regiões por onde Vasco da Gama navegara e fez parte da expedição militar que sofreu tempestade próximo ao Cabo da Boa Esperança e aportou em Goa. Trabalhou em serviço público, teve uma vida atormentada por desalento, solidão e dificuldades financeiras. Por essa época, acredita-se que comece a composição de *Os Lusíadas*.

É tido como certo que Camões é mandado para Macau, por volta de 1557. Desta fase é difícil distinguir os fatos reais dos lendários. Conta-se que o poeta refugiava-se em uma gruta em frente ao mar e escrevia *Os Lusíadas*, os seus sonetos e canções para aliviar-se da saudade de Portugal. Acompanhava-o nesses momentos um fiel criado, Jau Antônio, que o serviu até a morte. É nesse período que o poeta encanta-se por Dinamene, cujo amor foi imortalizado em diversos sonetos. Sobrevivendo duramente a todo tipo de necessidades e acusado de não pagar dívidas, volta a Goa. É nessa viagem que ocorre o famoso acidente no rio Mekong em que Camões se salva e a amada Dinamene morre em naufrágio.

Com ajuda financeira de alguns poucos amigos, retorna o poeta a Portugal em 1569. Segundo um manuscrito de Diogo Couto, soldado, escritor e companheiro de Camões, os últimos anos de vida do poeta foram marcados pela pobreza e abatimento moral. Afirma o amigo que mais desgosto lhe acrescentou à vida o fato de lhe terem roubado os manuscritos de seus poemas líricos, o *Parnaso*. Com a publicação de *Os Lusíadas*, em 1572, o rei D. Sebastião confere ao poeta uma discreta pensão por serviços prestados a Portugal o que não garante ao poeta uma sobrevivência digna.

Em 10 de junho de 1580, morre Camões, possivelmente aos 56 anos, em condição de extrema miséria e desconhecido do povo português.

Bibliografia

BUESCO, Maria Leonor Carvalhão. *Literatura Portuguesa Clássica*. Lisboa, Universidade aberta, 1992.

CIDADE, Hernâni. *Luís de Camões – O Lírico*. 3ª ed., Livraria Bertrand, 1967.

JANSON, H. W. e JANSON, Anthony F. *Iniciação à História da Arte*. 2ª ed., São Paulo, Martins Fontes, 1996.

LAPA, Rodrigues. *Líricas*. 7ª ed., Lisboa, Livraria Sá da Costa Editora, 1978.

LETTS, Rosa Maria. *O Renascimento*. São Paulo, Círculo do Livro, 1982.

MENDES, João. *Literatura Portuguesa I*. 2ª ed., Lisboa, Editorial Verbo, 1981.

ROCHA, Clara Crabbé. *A Poesia Lírica de Camões – Uma Estética da Sedução*. 2ª ed., Centelha, Coimbra, 1983.

SARAIVA, José Hermano. *História Concisa de Portugal*. 8ª ed., Publicações Europa-América, s.d.

SARAIVA, Maria Lourdes. *Sonetos*. Publicações Europa-América, s/d.

SENA, Jorge de. *Trinta Anos de Camões*. Lisboa, Edições 70, 1980.

Vida e Obra de Camões. Biblioteca multimídia. Porto Editora.

✧ Índice Alfabético dos Sonetos ✧

A fermosura desta fresca serra 105
Ah, minha Dinamene, assi deixaste 89
Ah, Fortuna cruel! Ah, duros Fados! 146
Alegres campos, verdes arvoredos, ... 108
Alma minha gentil, que te partiste 86
Amor é um fogo que arde sem se ver, ... 47
Amor, que o gesto humano n'alma escreve, ... 74
Apolo e as nove Musas, descantando 130
Aquela triste e leda madrugada, ... 80
Aqueles claros olhos que chorando. 100
Busque Amor novas artes, novo engenho, ... 133
Cá nesta Babilônia, donde mana. 120
Cara minha inimiga, em cuja mão 94
Chorai, Ninfas, os fados poderosos 72
Como quando do mar tempestuoso. 164
Com voz desordenada, sem sentido, ... 142
Contente vivi já, vendo-me isento. 58
Correm turvas as águas deste rio, ... 148
De quantas graças tinha, a Natureza. 64
Desce do Céu imenso, Deus benino, ... 154
De vós me aparto, ó vida! Em tal mudança, ... 166
Doce sonho, suave e soberano, ... 128
Doces águas e claras do Mondego, ... 96
Em prisões baixas fui um tempo atado, ... 144
Enquanto quis Fortuna que tivesse 34
Erros meus, má fortuna, amor ardente. 137
Está o lascivo e doce passarinho 160
Eu cantarei de amor tão docemente 32

Já tempo foi que meus olhos folgavam	110
Julga-me a gente toda por perdido	113
Mudam-se os tempos, mudam-se as vontades,	125
"Não passes, caminhante!" "Quem me chama?"	152
Na ribeira de Eufrates assentado,	168
Num bosque que das Ninfas se habitava,	70
Num tão alto lugar, de tanto preço,	44
O céu, a terra, o vento sossegado;	92
O dia em que eu nasci moura e pereça,	122
O tempo acaba o ano, o mês e a hora,	116
Ondados fios de ouro reluzente,	68
Os reinos e os impérios poderosos,	156
Pede-me o desejo, Dama, que vos veja;	162
Pois meus olhos não cansam de chorar	36
Posto me tem Fortuna em tal estado,	78
Quando da bela vista e doce riso	42
Quando de minhas mágoas a comprida	102
Quando o sol encoberto vai mostrando	83
Quem diz que Amor é falso ou enganoso,	54
Quem vê, Senhora, claro e manifesto	62
Se as penas com que Amor tão mal me trata	140
Se tanta pena tenho merecida	38
Senhora minha, se a Fortuna imiga,	98
Senhora, se de vosso lindo gesto	56
Sete anos de pastor Jacob servia	118
Tanto de meu estado me acho incerto	40
Tornai essa brancura à alva açucena,	66
Transforma-se o amador na cousa amada,	76
Um mover d'olhos, brando e piedoso,	60
Vencido está de Amor meu pensamento,	158
Verdade, Amor, Razão, Merecimento	150
Vós que, de olhos suaves e serenos,	50
Vossos olhos, Senhora, que competem	52

Título	Sonetos de Camões
Autor	Luís de Camões
Prefácio e Notas	Izeti Fragata Torralvo
	Carlos Cortez Minchillo
Editor	Plinio Martins Filho
Produção Editorial	Millena Machado
Pesquisa Iconográfica	Ivan Teixeira
Ilustrações dos Textos e da Capa	Hélio Cabral
Capa	Tomás Bolognani Martins
	Plinio Martins Filho
Editoração Eletrônica	Daniela Fujiwara
	Glaucia Dam Gomes
Formato	12 x 18 cm
Tipologia	Minion Pro
Papel	Chambril Avena 80 g/m^2 (miolo)
	Cartão Supremo 250 g/m^2 (capa)
Número de Páginas	224
Impressão e Acabamento	Bartira Gráfica